풀피리 연가

풀피리 연가

발행일   2021년 11월 30일

지은이   김미선
펴낸이   손형국
펴낸곳   (주)북랩
편집인   선일영   편집   정두철, 배진용, 김현아, 박준, 장하영
디자인   이현수, 한수희, 김윤주, 허지혜, 안유경   제작   박기성, 황동현, 구성우, 권태련
마케팅   김회란, 박진관
출판등록 2004. 12. 1(제2012-000051호)
주소   서울특별시 금천구 가산디지털 1로 168, 우림라이온스밸리 B동 B113~114호, C동 B101호
홈페이지 www.book.co.kr
전화번호 (02)2026-5777   팩스   (02)2026-5747

ISBN   979-11-6836-029-7 03810 (종이책)   979-11-6836-030-3 05810 (전자책)

(주)북랩 성공출판의 파트너

북랩 홈페이지와 패밀리 사이트에서 다양한 출판 솔루션을 만나 보세요!

홈페이지 book.co.kr   •   **블로그** blog.naver.com/essaybook   •   **출판문의** book@book.co.kr

작가 연락처 문의 ▸ ask.book.co.kr

작가 연락처는 개인정보이므로 북랩에서 알려드릴 수 없습니다.

복음에 홀린 김미선 목사의
신앙 미셀러니

풀피리 연가

김미선 지음

북랩 book Lab

목차

Chapter 1 모래성 •19

우상의 거름더미에서 피워내신 복음의 꽃

어릴 적 우리 집은 동네에서도 소문나게 우상숭배를 하였다. 할머니께서는 서른도 안 되어 청상과부가 되셨다. 재산과 자식들을 지키기 위해 무당집 문턱이 닳도록 찾아다니며 굿을 하다가 나중에는 집 안에 법당을 차려놓았다. 무당이 시키는 대로 온갖 무지몽매한 짓을 다 했다. 보다 못한 하나님께서는 고조할아버지 때 종3품 벼슬을 지낸 가문을 여로보암의 집처럼 거름더미를 쓸어버림 같이 말갛게 쓸어버리셨다. (열왕기상 14:10) 재산은 물론이고 사람까지.

내가 초등학교 6학년 때 찍은 빛바랜 가족사진 한 장을 지금도 갖고 있다. 두 분의 할머니는 천수를 다 사시고 가셨다. 하지만 내가 중학교 1학년 되던 해, 아버지의 외아들인 8살 된 남동생을 잃었다. 이어 중3 땐 증조할머니를, 고2 땐 어머니를 잃는 아픔을 겪어야 했다. 결혼 초엔 실어증과 치매에 걸려 거동을 못하시는 친할머니를 1년간 모시다가 임종을 지켰다. 40대 초반, 폐암으로 투병하시던 아버지를 전도하여 세례를 받게 했고, 편안히 천국으로 보내드렸다. 5년 후 43세 된 동생의 임종을 홀로 지켜야 했다. 가족사진 속의 7명 가운데 날 때부터 잔병치레로 골골했던 약한 나만 혼자 살아남았다.

하나님께서는 가장 연약한 나를 당신의 '특별한 소유'로 삼으셨다. 아무것도 모르는 나를 광야로 불러내시고 불같은 태양과 거친 비바람 속에 세우셨다. 진귀한 보석을 세공하듯 고난과 연단을 통해 필요 적절한 훈련을 거치게 하셨다. 힘들고 어려워도 환경이나 사람을 의지하지 않고 오직 주님만 바라보게 하셨다. 약한 자를 들어 강한 자를 부끄럽게 하시는 하나님께서 만삭되지 못한 자 같은 나를 목사로 부르시고 교회를 세우게 하셨다. 말씀의 칼과 기도의 물매와 영혼의 고백인 찬송을 주셨다.

우상숭배로 인하여 무너져 내린 가문, 영적으로 진토와 거름 무더기가 되어버린 우리 집안에 예수의 복음이 싹트고 꽃피워 열매를 맺게 하셨다. 예수 믿고 복 받으려고 신앙생활을 한 것이 아니다. 오직 예수 그리스도의 생명 속에서 살아남기 위한 처절한 몸부림이었다. 사촌들조차 아들이 없어서 내 아버지의 육신적인 대는 완전히 끊어졌다. 하지만 나는 예수 그리스도의 보혈로 믿음의 혈통을 이어가길 소원한다. 지금은 일가친척이 거의 다 나를 통해 예수를 믿는다. 이 모든 것은 내 힘과 의지가 아닌 주님의 은혜였다. 날마다 드리는 내 입술의 찬송은 생명을 얻은 은혜와 감사의 고백이다. 화려한 무대 위에서 드레스를 입고 웅장한 오케스트라의 연주에 맞춰 부른 노래는 아니지만 어린 목동이 들판에서 풀잎 꺾어 부르는 수줍은 사랑의 고백이다.

그들은 내 백성이 되겠고 나는 그들의 하나님이 될 것이며 내가 그들에게 한 마음과 한 도를 주어 자기들과 자기 후손의 복을 위하여 항상 나를 경외하게 하고 내가 그들에게 복을 주기 위하여 그들을 떠나지 아니하리라 하는 영영한 언약을 그들에게 세우고 나를 경외함을 그들의 마음에 두어 나를 떠나지 않게 하고 내가 기쁨으로 그들에게 복을 주되 정녕히 나의 마음과 정신을 다하여 그들을 이 땅에 심으리라(예레미야 32:38~41)

복음의 꽃을 피우기 위해

아끼는 후배이자 동역자인 김미선 목사가 비바람과 눈서리를 이긴 지난날의 고뇌와 하나님으로부터 받아 누리는 복에 대해 간증한 책 '풀피리 연가'를 출간하게 된 걸 축하합니다.

풀피리처럼 부드럽고 착한 선교사·찬양사역자로만 알았는데, 목사 안수를 받고 어머니처럼 품 넓고 사랑 있는 목회자가 된 김 목사님. 순종의 능력을 입어 십자가의 길을 가는 그가 무척 자랑스럽습니다. 박토를 개척하여 복음의 싹을 틔우는 이 귀한 여종의 신앙 여정은 마치 서정주 시인의 '국화 옆에서'란 시를 떠올리게 합니다.

한 송이의 국화꽃을 피우기 위해 봄부터 소쩍새는 그렇게 울었나보다/ 한 송이의 국화꽃을 피우기 위해 천둥은 먹구름 속에서 또 그렇게 울었나보다/ (중략) 노오란 네 꽃잎이 피려고 간밤엔 무서리가 저리 내리고 내게는 잠도 오지 않았나보다 이른 봄부터 소쩍새가 울고 간밤에 무서리가 내린 것은 낙엽이 곱게 물든 만추에 한 송이의 국화꽃을 피우기 위함이었다는 것을 깨달은 시인의 고백처럼, 귀한 복음 전도자·목회자로 세우기 위해 하나님께선 김 목사를 일찍부터 많은 고난과 연단을 거치게 하셨습니다.

부드러운 종이 한 장이 강한 물체에 붙으면 부드러움이 강함이 되듯이, 김미선 목사를 보면 진리와 성령에 붙잡힌 다윗의 물매 이상의 강한 능력이 엿보입니다.

이 책을 읽는 모두도 환경을 이기는 능력을 체험하리라 믿으며, 기쁨으로 추천하고 응원합니다.

권태진 목사
군포제일교회 당회장
사)성민원 이사장
사)한국기독인총연합회 대표회장

값진 보석을 발견한 듯

세계한민족 디아스포라 재단의 국제 총무로 봉사하시는 김미선 목사님께서 이번에 신앙 간증 수필집을 출간하시게 된 걸 진심으로 축하합니다.

김미선 목사님은 오직 믿음과 인내로 기도하는 하나님의 사람입니다.

책에서 저자는 삶의 어려운 순간순간마다 주님께서 크신 은혜로 이끌어 주셨음을 고백합니다. 또한 찬양과 기도, 인내와 열정으로 하나님께서 맡기신 사역에 헌신해왔음을 보여주고 있습니다. 이는 "나의 나 된 것은 하나님의 은혜로 된 것"(고전15:10)이라는 저자의 신앙고백에서 여실히 드러납니다.

'고난당한 것이 내게 유익이라 이로 인하여 내가 주의 율례를 배우게 되었나이다(시 119:71).' 라고 고백한 시편 기자처럼, 보석세공사인 하나님께서는 많은 고난과 연단을 통해 김 목사님을 마침내 보석으로 빚어내셨습니다. 신앙생활의 갈등과 어려움을 겪는 분들이 이 책을 통하여 하나님의 역사하심과 동행하심을 간접적으로나마 경험할 수 있기를 희망합니다.

엄기호 목사

성령사랑교회 당회장

세계 한민족 디아스포라 총재

한국기독교총연합회 증경 대표회장

주님의 인도하심 따라 사는 지혜

내가 김미선 목사님을 만난 건 23년 전 한국의 한·미 요셉운동을 준비하는 과정에서였습니다. 맡은 일에 최선을 다하는 성실함과 신실함으로 현재까지 변함없는 믿음의 공동체 가족으로 함께하고 있습니다.

김 목사님은 어릴 때부터 부모형제를 잃은 아픔으로 인해 가장 먼저 가족들을 그리스도께 인도하였습니다. 그는 또한 목회자로의 부르심에 아멘으로 순종하여 땅 끝까지 복음을 전하겠다는 선교의 꿈을 안고 이 땅위에 주님의 몸 된 교회를 세웠으며, 한·미 요셉운동을 통해 차세대 지도자 양육의 비전사역에도 헌신해 왔습니다.

그러한 저자가 이번엔 자신의 신앙여정을 담은 신앙 수필집을 출간하시게 됐다니, 누구보다 기쁜 마음으로 축하를 보내주고 싶습니다.

신앙생활이 느슨해졌거나, 살아가면서 문득 2퍼센트가 부족하다고 느끼는 독자 제위께 꼭 권해주고 싶은 책입니다.

이 책을 통하여 인생의 어려운 고비마다 주님의 인도하심을 따라 기도로써 현실을 헤쳐 나가는 지혜를 발견할 수 있을 것입니다. 요즘같이 팍팍한 현실에서 쉬이 접하기 어려운 훈훈한 인간미, 깊은 산골 옹달샘에서나 맛볼 수 있는 한 모금의 생수 같은 청량함 그리고 잔잔한 감동까지 덤으로 얻게 될 것을 확신합니다.

나광삼 목사
워싱턴 큰무리교회 당회장
한·미 요셉운동 대표

Chapter 1

모래성

내 고향 발포

내 고향은 전남 고흥 발포이다. 충무공 이순신이 1580년 충청병
사해미군관에서 만호로 부임하여 18개월 동안 재임하였던 곳이다.
그의 업적을 기리기 위해 세운 사당인 충무사에서는 매년 4월 28
일에 지역 유지들이 모여서 충무공 탄신 기념식을 갖는다. 마을 안
쪽 성안에는 충무공을 노래한 '노산 이은상'의 시비(詩碑)가 세워져
있다.

우리학교 이름도 충무초등학교(당시 국민학교)다. 지금은 젊은이
들이 객지로 다 나가고 마을 인구가 많이 감소하여 폐교했다고 들
었다. 자동차 문화가 발달해서 지금은 사라졌지만, 내가 자랄 땐
목포에서 여수로 가는 여객선 평화호와 대창호가 들러 가는 항구
였다.

정남향에 산이 병풍처럼 마을을 둘러싸고 있다. 봄이면 뒷동산
에 진달래가 피고 패랭이꽃이 군락을 이룬다. 마을 아낙네들은 농
번기가 시작되기 전에 진달래를 따다가 화전을 부치고 강강술래와
가요 콩쿠르 등을 열며 온종일 떠들썩하게 잔치를 한다.

앞산에는 아름드리 느티나무 위에 황새, 백로 무리가 둥지를 틀고 대를 이어 살았다. 여름철이면 마을 어귀 신작로엔 무성하게 자란 나뭇가지가 긴 터널을 이뤘다. 언덕 아래 포구에는 잔잔한 파도가 일고, 매미들의 합창이 무더위를 잊게 했다. 근처에는 해수욕장이 있어서 지금도 명소로 알려져 있다.

세워진 지 100년이 넘은 발포교회는 이 마을 사람들의 영혼의 안식처이기도 하다. 나도 어릴 때 발포교회에서 글을 배우고 신앙생활을 했다.

우리 동네엔 사시사철 일거리가 끊이지 않는다. 농사철이 끝난 겨울엔 김 양식과 미역 양식으로 수익을 배가 시켜 부촌으로 알려진 곳이다. 250여 가구가 모여 사는 우리 마을은 몇몇 성씨(姓氏)의 집성촌을 이루어 사는 마을이다. 그래서 웬만하면 다 고모, 이모, 삼촌, 숙모, 아저씨로 통했다. 명절 때는 하루 종일 할머니께 인사하러 온 사람들이 줄을 잇곤 했다. 우리 집에서는 1년에 15차례씩 지내는 제사에 매번 친척과 이웃을 초대하여 아침을 대접하곤 했다. 덕분에 나는 온 동네 어른들의 사랑을 듬뿍 받고 자랐다.

우리 집은 도화면 발포리 759번지다. 내가 태어나고 자란 곳이다. 뒤꼍에는 예닐곱 평쯤의 작은 텃밭에 달고 맛있는 배나무가 한 그루 있고, 앞마당엔 감나무가 두 그루 있었다. 우물가에는 감나무 아래로 달리아, 붓꽃, 과꽃, 봉숭아 등 예쁜 꽃들이 항상 피어있었다. 내가 초등학교3학년 때쯤 집을 현대식으로 새로 지었다.

1970년대 초 동네에서 처음으로 24인치 금성 흑백 TV가 있었다. 권투시합 중계를 하거나 미스코리아 선발대회 등 특별 프로그램을 방영하는 날엔 동네 사람들이 우리 집으로 몰려왔다. TV를 마당 쪽으로 돌려놓고, 마당엔 멍석을 깔았다. 초만원이 된 마당은 밤늦게까지 흥분의 도가니였다. 마당 한쪽에선 일본산 산요 선풍기가 돌아가고 있었다. 몸체는 작은데 날개는 커서 가분수처럼 생긴 게 어린 눈에도 신기해 보였다. 50년이 넘도록 잔 고장 한 번 없이 지금도 친정집 여름을 식히고 있다.

나는 하얀 찹쌀 기피 인절미를 좋아한다. 제사 때마다 마당에 넓은 암반을 놓고 아버지가 직접 메를 쳐서 만든 떡이다. 학교에서 돌아와 배가 고플 때, 손바닥만 한 크기로 썬 인절미를 아이들에게 한 개씩 나누어 주면 어찌나 좋아하던지.

때론 우리 집 대청마루에 어머니께서 팥죽을 쑤어서 큼지막한 양푼에 담아 놓거나 김밥을 잔뜩 싸서 쌓아 놓으면 마을 청년들이 저녁에 모여서 놀다가 서리를 해가곤 했다.

우리 옆집에는 초등학교 동창인 동○이네가 살았다. 그 집 아저씨는 무척 자상하고 성실한 분이었다. 항상 일거리가 넘치는 우리 집을 많이 도와주셨다. 딸 둘에 아들이 셋인데 방이 두 칸밖에 없는 그 집을 안타깝게 여기신 우리 할머니께서는 고마움의 표시로 행랑채를 지을 수 있도록 우리 집 마당 한쪽을 떼어주셨다. 방 한 칸에 창고와 외양간과 화장실을 지을 수 있었다. 뿐만 아니라, 우물이 없어 멀리 물을 길러 가야 하는 그 집 형편을 고려해서 우리 집 우물 곁에 쳐 둔 담을 헐고 쪽문을 내주셨다. 그렇게 한 집안처럼 살았다.

고향을 떠나온 후 반세기가 가깝도록 가보지 못한 고향집을 얼마 전에 인터넷으로 찾아보니, 지금도 옛 모습 그대로였다. 멀리 바다가 보이는 마을 위쪽 중간에 위치해서 전망이 좋은 집이다. 아침이면 멀리 보이는 바다 위에 금빛으로 부서지는 햇살이 눈부시게 아름답다. 나는 바닷가 바위에 앉아서 시를 쓰고 노래를 부르고 웅변 연습을 하면서, 아득한 수평선 너머에 나의 꿈을 실어 보내기도 했다.

나는 실향민의 아픔을 조금은 안다. 나 역시 고향이 그리워도 못가는 신세다. 길이 없거나 철조망이 막힌 것도 아니다. 가끔 집안 대소사에서 친척들을 몇 분 만나기도 했다. 대부분의 어르신들이 나를 붙잡고 울었다. 멸문지화를 당한 비운의 공주(?)를 안타까워하는 눈물이었을 것이다. 지금도 나는 고향 꿈을 꾼다.

할렐루야 내 영혼아 여호와를 찬양하라 나의 생전에 여호와를
찬양하며 나의 평생에 내 하나님을 찬송하리로다 귀인들을 의지
하지 말며 도울 힘이 없는 인생도 의지하지 말지니 그의 호흡이
끊어지면 흙으로 돌아가서 그 날에 그의 생각이 소멸하리로다 야
곱의 하나님을 자기의 도움으로 삼으며 여호와 자기 하나님에게
자기의 소망을 두는 자는 복이 있도다(시 146:1~5)

모래 위에 세운 집

1960년대 후반 내가 초등학교에 입학할 무렵이다.

저녁을 먹고 난 후 한밤중에 동네 아저씨 두 분이 우리 집에 오셨다. 큼지막한 자루를 메고 와서 방 가운데 풀어 놓고 앉았다. 할머니, 아버지, 어머니는 아저씨들과 함께 빙 둘러앉아 밤늦도록 100원짜리 지폐를 세는 것이었다. 그분들이 먼저 돈을 세서 할머니께 드리면, 할머니께서 세고 나서 아버지께로 넘기고, 어머니께서 맨 나중에 돈을 세서 다른 자루에 넣었다. 쥐죽은 듯 고요한 적막 속에 돈세는 소리만 들렸다. 나도 한번 세어 보고 싶어서 돈 뭉치를 만졌다. 어머니께서 내 손을 탁 치시고 다시 돈을 세셨다. 다음 날 그 돈은 커다란 대나무 석작 두 개에 담겨졌고, 할머니와 아버지의 비밀 전대에 쌓여 서울로 갔다. 이후로도 그런 상황은 가끔 연출되었다.

장남인 아버지는 할머니를 모시고 서울에 사는 막내 작은아버지 집에 자주 다니셨다. 다행히 우리 동네에서 매일 아침 7시에 출발하여, 서울 동대문시장 앞에 있는 고속버스터미널까지 12시간 만에 도착하는 버스가 한 대 있었다. 동대문시장에서 양복기지 가게를 하시던 작은 아버지의 사업 자금으로 논을 팔아 간 것이다.

8살 아래인 작은 아버지는, 큰형인 아버지를 '아버지 같은 형님'이라고 입버릇처럼 말했다. 경부고속도로가 완공되자, 아버지와 할머니를 모셔다 구경을 시켜드렸다. 제주도에 공항이 건설되었다. 두 분은 우리 동네에서 고속버스를 타고 서울에 가서 비행기를 타고 제주도 여행을 다니셨다.

창백하리만큼 하얗고 여인처럼 곱상하게 생긴 얼굴, 178cm의 호리호리한 체격에 검정 양복을 입은 아버지가 어린 내 눈엔 세상에서 제일 멋있어 보였다. 두 분은 철마다 전국의 유명한 관광명소를 찾아 여행을 다니시고, 어머니는 집에서 일꾼들과 함께 농사를 지으셨다.

내가 고등학교에 입학할 무렵에는 동네마다 즐비하던 문전옥답이, 집 식구들이 먹을 양식을 소출할 수 있는 10마지기(논 1마지기=661.16제곱미터-쌀 80kg짜리 4가마) 정도의 땅만 남기고 다 사라졌다.

누구든지 나의 이 말을 듣고 행하는 자는 그 집을 반석 위에 지은 지혜로운 사람 같으리니 비가 내리고 창수가 나고 바람이 불어 그 집에 부딪히되 무너지지 아니하나니 이는 주초를 반석 위에 놓은 연고요 나의 이 말을 듣고 행치 아니하는 자는 그 집

을 모래 위에 지은 어리석은 사람 같으리니 비가 내리고 창수가
나고 바람이 불어 그 집에 부딪히매 무너져 그 무너짐이 심하니라
(마태복음 7:24~27)

할머니의 사랑

할머니는 스물아홉에 청상과부가 되셨다. 우리 집은 대대로 손이 귀해서 할아버지께서 양자로 오셨는데, 서른넷에 폐병으로 돌아가셨다. 아들을 낳아 가문의 대를 이어야 하는 사명을 안고 시집온 할머니는 딸 둘을 낳은 후 아버지를 낳으셨다. 집안의 어른들이 각자의 달란트대로 아버지의 교육을 맡아서 키우셨다. 어떤 분은 공깃밥을 재서 식사지도를 하고, 의복을 담당하고, 예의범절을 가르치고, 글을 가르치셨다고 한다.

요즘 같으면 있을 수 없는 일이지만, 소를 팔아서 군 복무도 면제 시키셨다. 아버지가 아직 어렸을 때 할아버지의 배다른 동생이 산에 딸린 섬과 전답의 일부를 자기 명의로 바꾸어 버렸다. 할머니가 글을 모르신 걸 알고 악용한 것이다.

이후 할머니는 사람을 믿지 못해 사사건건 점쟁이나 무당을 찾아다니셨다. 이웃 동네에 수덕사라는 절에다 아버지의 이름으로 종을 해서 바치기도 하셨다. 가끔씩 스님이 오시는 날이면 점심 대접과 함께 메고 온 바랑이 가득하게 시주를 하셨다.

우리 집은 일 년에 서너 번씩은 무당들을 불러다가 큰 굿을 했다. 남자 박수무당과 여자 무당들이 몇 명씩 같이 와서 숙식을 하곤 했다. 그들은 하루 종일 커다란 얇은 색종이를 오려서 형형색색의 꽃등을 많이 만들었다. 굿할 때 쓰는 것들이었다.

좀 우스운 이야기지만 난 색종이 오리기를 잘 한다. 어린 시절 집에 온 무당들에게 배운 솜씨다. 나중에 할머니는 집안에 법당까지 차려 놓았다. 크고 작은 굿판이 잦았다. 온 동네에 굿하는 소리가 다 들려서 사람들이 구경을 오곤 하였다.

할머니의 장남에 대한 각별한 애정이 첫 손녀인 내게로 이어졌다. 갓난아이 때부터 할머니 방에서 나를 재우고 젖을 먹일 때에도 할머니가 나를 안고 엄마의 젖을 먹였다고 한다. 내게 미열만 있어도 할머니는 점쟁이를 불렀다. 액을 물리친다고 나를 마루 끝에 앉혀놓고 바가지와 칼을 들고 머리위에서 휘두르곤 했다. 심지어 명이 짧아 무당의 딸이 되어야 한다면서 이상한 한복을 지어다 입혀주기도 했다. 식구들이 알면 큰일난다고 쉬쉬 하시면서. 어릴 땐 몰랐지만 커 갈수록 무섭고 창피하고 부끄러웠다.

할머니는 항상 한복을 곱게 차려입고 다니셨다. 집에 계실 때에 할머니는 주로 아버지와 친구들을 위해 술을 빚으시고, 보약을 달이셨다. 봄이면 진달래술을 빚어서 소주로 내렸다. 다섯 분의 아버지 친구들은 수시로 우리 집에서 약주를 즐기곤 하셨다. 그때마다 아버지는 항상 나를 무릎에 앉히셨다. 네댓 살 때부터 "미선아, 노래 한 곡 불러 봐라." 아저씨들의 선곡이 끝나면, 나는 쟁반을 엎어놓고 올라서서 춤을 추며 어른들의 유행가를 목청껏 부르곤 하였다.

초등학교에 입학할 땐 할머니와 아버지는 서울에 가서서 입학 준비물을 사 오셨다. 등에 메는 빨간색 캔디 그림이 있는 에나멜 가방과, 연필, 노트, 지우개, 손에 묻지 않는 크레파스, 커다란 롤에 감긴 도화지, 연한 핑크색에 흰 땡땡이 무늬가 있는 비옷과 우산을 한 세트로 사고, 빨간 장화와 앞에 캔디 그림이 얹어진 빨간 운동화 등이었다. 내가 학교에 가는 시간이면 동네 사람들이 담 너머로 구경을 했다. 어떤 짓궂은 아저씨는 매일 등굣길에 "내 딸 하자."라며 자기 집으로 안고 가 버리기도 했다.

초등학교를 졸업할 때까지 월말고사가 끝나면 한턱내느라 매월 전 교직원을 집으로 초대해서 회식을 시켜 드렸다. 내가 고등학생이 되어서도 할머니는 사탕을 깨물어서 입에 넣어주셨다. 친구들은 그런 나를 보고 "너하고 안 논다."라며 도망을 가곤 했다. 학교에서 돌아와 할머니가 집에 안 계시면 가방을 들고 할머니를 찾아다녔다. 할머니 없이는 잠도 자지 못했다.

너는 나 외에는 다른 신들을 네게 있게 말지니라 너를 위하여 새긴 우상을 만들지 말고 또 위로 하늘에 있는 것이나 아래로 땅에 있는 것이나 땅 아래 물속에 있는 것의 아무 형상이든지 만들지 말며 그것들에게 절하지 말며 그것들을 섬기지 말라 나 여호와 너의 하나님은 질투하는 하나님인즉 나를 미워하는 자의 죄를 갚되 아비로부터 아들에게로 삼사 대까지 이르게 하거니와 나를 사랑하고 내 계명을 지키는 자에게는 천 대까지 은혜를 베푸느니라(출애굽기 20:3~6)

나의 어머니

햇살이 좋은 날엔 마당을 가로지른 빨랫줄에 하얀 이불 홑청이 나부꼈다. 이불 홑청에 풀을 잔뜩 먹여 다듬이질을 해서 꿰매 놓으면, 이불 바스락거리는 소리가 옆집까지 들리는 듯했다.

어머니는 봉래면 나로도 함안 조씨 가문에서 시집을 오셨다. 당시에 조선대학을 나온 큰외삼촌 바로 아래, 5남 4녀 중 맏딸이셨다. 외할아버지께서는 수십 척의 배를 가지고 원양어업을 하셨다. 덕분에 우리 집 제사상에는 마른상어 등 다른 집에선 구경하기도 힘든 귀한 생선이 오르곤 했다.

외가의 가옥은 대청마루에 유리창이 있는 일본식 건물이었다. 막내 이모가 회랑에서 기타를 치던 기억이 난다. 막내 외삼촌은 내가 초등학교 3학년 때, 군대를 제대하고 오면서 '소년중앙'을 사다 주셨다. 그때부터 월간 '소년중앙'을 구독하게 되었다.

어머니는 샘이 밝으셔서 많은 집안 살림을 다 관리하시고, 마을 부녀회장도 맡으셨다. 어머니께서 부녀회장으로 일하실 때, 면소재지에선 첫 번째로 우리 마을에 전기가 들어왔다. 어머니께서 일을 잘 처리하신 덕분이라고 사람들이 입을 모아 칭찬했던 기억이 난다. 마을에서 공로패도 받았다.

할머니는 어머니에게 시집살이를 많이 시키셨다. 명성 있는 부잣집에서 시집오면서 격에 맞는 혼수를 넉넉히 안 해 왔다는 것과 아들을 못 낳는다는 것이 이유였다. 사실은 아들을 못 낳은 게 아니다. 아들과 딸을 번갈아 가면서 낳았는데, 아들만 사산을 하거나 어려서 다 잃은 것이다. 마지막으로 아들을 낳겠다고, 할머니의 지시에 따라 무당이 시킨 대로 한밤중 산속 연못에 가서 목욕재개를 하고 100일간 치성을 드렸는데 딸이었다. 그런 이유로 나와 16살 터울인 막내 여동생 이름을 '정성'으로 지었다.

평생 일만 하시던 어머니께서 휴가를 가셨다. 인천에 사시는 외삼촌댁에 다니러 가신 것이다. 인천에는 네 분의 외삼촌이 사셨다. 모두 외할아버지의 사업을 이어서 원양어업을 하셨다. 일에 매여서 외출 한 번 제대로 못 하신 어머니는 나름대로 성공한 동생들의 간곡한 초대를 받아서 가신 것이다.

며칠 후에 집으로 돌아오신 어머니는 영 딴 사람이 되어 있었다. 항상 화장기 없는 민얼굴에 작업복 바지를 입고 생머리를 짧게 커트해서 수건을 뒤집어쓰고 일만 하시던 그전의 모습과는 완전히 딴판이었다. 굵은 곱슬머리로 파마를 하고 엷은 화장에 롱 드레스를 입고 구두를 신은 어머니를 처음 보았다. '우리엄마가 저렇게 미인이었나?' 내 눈을 의심했다. 그때 알았다. 여자는 가꾸기 나름이란 걸. 안타깝게도 그것이 내 어머니에겐 처음이자 마지막 나들이가 되었다.

나는 어머니를 썩 좋아하지 않았다. 할머니께서 나를 온통 끼고 사신 탓이기도 하다. 햇볕에 그을려 까무잡잡한 얼굴에, 작업복만 입고 사시는 어머니가 창피하다며 학교에도 못 오시게 했다. 어머니에게는 눈길도 제대로 주지 않았다. 그런 나를 어머니는 늘 안타까워 하셨다.

할머니 치마폭에 싸여서 어리광만 부리는 나를 어머니께서 발포교회 유치부에 보내셨다. 우상숭배의 원흉인 할머니에게서 떼어 놓으시려는 거였을까. 마땅한 조기교육 시설이 없던 터라 매월 쌀한 됫박을 내고 교회에서 운영하는 선교원에도 보냈다고 한다. 지금 와서 보니 내가 예수 믿은 것은 어머니의 극성스러운 교육열 덕분인 듯하다.

어머니는 나를 외국에 유학 보내시겠다고 입버릇처럼 말씀하셨다. 내가 결혼해서 아이를 낳아 길러보니 알 수 있었다. "열 손가락 깨물어 안 아픈 손가락이 없다."라고 하지만, 맏이에 대한 기대감이 각별하다는 것을. 자식들을 공부시키려면 얼마 남지 않은 농사만으로는 어렵다고 생각하셨는지, 김, 미역 양식까지 하셨다.

이른 아침 부모님은 미역양식장에 들렀다가 배가 뒤집히는 사고를 당하셨다. 아버지는 파도와 사투를 벌이느라 온 몸에 성한 곳이 없도록 상처를 입었고, 어머니는 거친 파도를 이겨내지 못하고 끝내 숨을 거두셨다. 서른일곱 꽃다운 나이였다. 장례식에서 세 살짜리 철부지 동생은 제사상에 놓인 배를 달라고 울었다. 그 모습에 장례식에 참석한 많은 사람들이 안타까운 눈물을 찍어냈다. 그 때문인지 나는 미역 냄새조차 싫어했었다.

어머니의 유품을 정리하면서 다시 한번 모두가 놀랐다. 1970년대 중반에 어린 동생들의 교육보험까지 들어 놓은 것이다. 덕분에 동생들은 아무 걱정 없이 대학을 졸업할 수 있었다.
아버지 친구들은 이구동성으로 "똑똑한 네 마누라가 살았어야 했다."라고 한다.

창세전에 그리스도 안에서 우리를 택하사 우리로 사랑 안에서
그 앞에 거룩하고 흠이 없게 하시려고 그 기쁘신 뜻대로 우리를
예정 하사 예수그리스도로 말미암아 자기의 아들이 되게 하셨으
니(에베소서 1:4)

아버지의 재혼

1978년 12월 초에 서울 도봉구 창동으로 이사를 했다. 아버지의 친구 분이 사는 동네였다. 할머니와 아버지, 나보다 세 살 아래 동생, 세 살배기와 나 이렇게 다섯 식구가 살았다. 서울의 12월 날씨는 매섭게 추웠다. 문제는 집에 밥을 해 먹을 사람이 없고, 연탄불을 갈 사람이 없었다. 평생 일을 안 해보신 아버지는 당연히 집안일은 모르시고, 나 또한 학교만 다니다 왔으니 밥을 할 줄 몰랐다.

집에는 하루가 멀다 하고 친척들과 아버지 친구 분들이 다녀가셨다. 나를 만나러 오신 것이다. 이유는 하나다. 39세에 홀로된 아버지를 재혼시키기 위해 장녀인 나를 설득시키려는 것이다. 처음에는 "말도 안 된다."라고 찾아오신 어른들께 인사도 안했다. 생각만 해도 머리가 아팠다. 어머니께서 돌아가신지 6개월도 안 되었다. 너무한다 싶어 머리를 싸매고 누워서 며칠째 밥도 먹지 않았다.

나는 중1 여름방학 때 8살인 어린 남동생을 잃고 앓아누웠다. 날마다 마당에서 함께 뛰어놀던 아이가 내 앞에 축 늘어진 주검으로 누워 있었다. 더구나 동생이 수영하다 빠져서 죽어가는 순간에, 나는 아무것도 모른 채 그 옆을 지나쳐 왔다. 아버지는 싸늘하게 식어 버린 아들을 안고 펄펄 뛰면서 아이의 이름을 부르며 우셨다.

밤이 되기 전에 동네 어른들이 우리가 모르는 곳에다 아이를 묻고 왔다. 다음날 온 식구가 이 산 저 산을 찾아 다녔다. 보다 못한 친척이 일러주어 찾아간 곳은 동네에서 떨어진 돌산 중턱이었다. 어린아이가 죽으면 묻는다는 곳이었다. 돌무덤이 된 아이를 두고 한나절을 울다 지쳐 돌아왔다.

그날 이후 죽음의 공포가 나를 짓눌렀다. 방안에 가족들이 다 함께 있어도 귀신이 나를 잡아당기는 것 같았다. 소리 지를 듯한 두려움을 이를 악물고 참아야 했다. 그렇게 며칠이 지나면서 소리는 들리는데 말을 할 수가 없었다. 밥도 먹지 못하고 잠도 자지 못했다. 요즘 흔히 알려진 일종의 공황장애 증상이었다. 날이 갈수록 야위어가는 내 머리맡에 아버지는 술병을 들고 울고 계셨다.

"이러다 너마저 잘못되면 나는 못 산다. 너는 내 목숨보다 소중한 자식이다."

여름방학이 끝나고도 한 달 동안 학교에 가지 못했다.

한 동안 잊고 지내던 두통이 시작됐다. 며칠째 문을 걸어 잠그고 가족들의 얼굴을 보지 않았다. 문밖에서 들리는 할머니의 애원에도 아랑곳하지 않았다. 일주일이 지난 어느 날, 낮이라 아무도 집에 없는 것 같았다. 근처 가게에 볼일이 있어 잠깐 나갔다가 대문을 열고 들어서는데, 할머니께서 지하 보일러실에서 연탄불을 갈고 계셨다. 언제나 고운 한복을 정갈하게 입고 사시던 분이다. 여든을 바라보는 연세에 연탄을 10장씩 한꺼번에 갈아야 하는 일은 너무 벅차 보였다.

저녁에 집에 돌아오신 아버지를 불렀다.
"재혼하세요."
아무 대꾸가 없으시다. 할머니께서는 나더러 철들었다고 좋아하셨다. 사실 새엄마를 맞아들인다기보다 집안일 할 사람이 필요해 허락을 한 것이다. 평생 궂은일 안 해 본 할머니께서 고생하시는 것이 안타까워서였다. 며칠 후 낯선 아주머니가 오셨다. 멀찌감치서서 고개만 까딱하고 인사를 했다. 세 살짜리 꼬마는 "엄마다!"라고 좋아했다.

새해가 되어 새어머니의 조카딸이 사는 성남 상대원동으로 이사를 했다. 공단에 위치한, 조카사위가 다니는 회사의 구내식당을 운영하기 위해서다. 내 또래의 조카딸이 세 명 더 있었다. 모두 식당에서 함께 일을 했다. 수입보다 인건비 지출이 몇 배 더 많았다. 사회생활의 경험이 많지 않은 아버지는 1년도 못 되어 가진 돈을 거의 탕진하였다.

　　여호와여 내가 주께 피하오니 나로 영원히 부끄럽게 마시고 주
의 의로 나를 건지소서 내게 귀를 기울여 속히 건지시고 내게 견
고한 바위와 구원하는 보장이 되소서 주는 나의 반석과 산성이시
니 그러므로 주의 이름을 인하여 나를 인도하시고 지도하소서

　　(시편 31:15~16)

언니 노릇

세 살배기 아이는 새어머니를 잘 따랐다. 너무 어린 나이 탓인지 6개월 만에 엄마 얼굴을 완전히 잊어버린 것이다. 당신 속으로 낳은 아이가 없는 새어머니도 '엄마, 엄마' 하고 따르는 동생을 예뻐해 주셨다. 새어머니는 처음부터 작은집에서 막냇동생을 데려오는 것과, 할머니를 모시는 것에는 반대하셨다. 하는 수 없이 할머니도 작은아버지 댁으로 모셨다. 나 또한 새어머니에게 정 붙이기가 쉽지 않아, 할머니가 계시는 작은아버지 댁을 자주 들락거렸다.

막내는 작은집에서 키우고 있었다. 엄마 젖을 먹던 아이가 갑자기 젖을 떼니, 밤낮으로 엄마를 찾느라 우는 것이었다. 작은어머니께선 겨울밤에도 우는 아이를 업고 골목을 서성이며 고생을 많이 하셨다.

나와는 13살, 16살 터울인 동생들이 내게는 자식이나 다름없었다. 하지만 스무 살이 채 안 된 나는 이 아이들을 데려다 키울 자신이 없었다. 대학 진학도 못하고, 취직도 못했다. 매일 서울과 성남을 오가며 어린 동생들의 얼굴이라도 봐야 했다. 그래야 마음이

놓이고, 잠을 잘 수가 있었다.

나는 어디에도 마음을 누이지 못한 채 절망감과 불안감을 보듬고 살았다. 스무 살의 빛나는 청춘이건만, 내겐 친구를 사귈 마음의 여유도 없었다.

나와 세 살 터울인 동생이 나보다 먼저 결혼을 했다. 딸 하나를 낳고 성남에서 제일 큰 미용실의 원장님이 됐다. 하지만 출산 후유증으로 병을 얻어 43세에 하늘나라로 갔다. 1여 년의 투병생활 끝에 내 손으로 눈을 감겼다. 그나마 내게 위로가 되는 것은 예수를 믿고 아버지와 함께 세례를 받았다는 점이다.

친정 식구 중 6번째로 내게 이별의 고통을 안기고 갔다. 동생의 외동딸은 좋은 신랑을 만나 결혼을 하였다. 이모인 내가 혼주가 되었다. 시댁에 책잡히지 말라고 이모부인 남편이 이바지를 성심성의껏 준비해서 시댁에 보냈다.

자식 같은 동생들은 어느덧 두 아이를 둔 엄마가 되었다. 지금은 근거리에 살면서 두 집 모두 목사인 나에게 세례를 받고 믿음생활을 하고 있다. 내가 결혼을 하여 자식을 낳고 기르면서 새어머니와 작은어머니의 마음을 조금은 더 이해를 하게 되었다.

오직 위로부터 난 지혜는 첫째 성결하고 다음에 화평하고 관용

하고 양순하며 궁휼과 선한 열매가 가득하고 편벽과 거짓이 없나
니 화평케 하는 자들은 화평으로 심어 의의 열매를 거두느니라

(야고보서 3:17-18)

아픈 손가락

2월 초순, 초조하게 봄이 기다려지는 아침이었다.

시어머니께서 한 달에 한 번 병원에 가서서 치매 약을 처방 받는 날이다. 시어머니를 씻기고 옷을 갈아 입혀서 아침 식사를 챙겨 드렸다. 식사 하시는 동안 차 안을 따뜻하게 덥혀 놓으려고 주차장에 내려갔다. 시동을 걸고 히터를 빵빵하게 틀어놓고 나오다가 엄지손가락을 자동차 문에 찧고 말았다. 너무 마른 체구 탓인지 유난히 추위를 타시는 시어머니를 내 딴엔 따뜻하게 모시려다가 부지불식간에 입은 사고인 것이다.

순간 눈앞에서 별이 번쩍거렸다. 한쪽 손으로 문을 열고 손가락을 빼냈는데 잠깐은 감각이 없더니 욱신거리기 시작했다. 하필 쓰임새가 많은 오른쪽 엄지손가락이다. 다쳤을 땐 얼음찜질이 좋다는 상식을 평소엔 알고 있었다. 하지만 막상 내 손을 다치니 너무 아파선지 아무 생각도 나질 않았다. 차 문짝도 두껍고 무거운 데다 약간 비탈진 곳이어서 충격이 컸던 모양이다.

눈물이 찔끔거리는 걸 애써 참으며 시어머니를 모시고 예약된 병원엘 다녀왔다. 집에 와서야 정작 다친 내 손가락은 치료할 생각도 못했다는 걸 인식했다. 오후에는 집 근처 어린이집 연장반 담임을 맡고 있어서, 피멍이 들고 퉁퉁 부은 손가락을 어깨 높이로 치켜들고 출근했다. 손가락 상태를 본 사람마다 X레이 촬영을 해 봐야 하는 것 아니냐고 걱정들을 하신다. 나는 오래전에도 비슷한 사고를 당한 적이 있었다. 피멍은 손톱이 자라면서 자연스럽게 빠진다는 선행경험을 믿고 대수롭지 않게 생각했다. 한데 6개월이 지난 후에도 손가락 마디에 가끔씩 통증이 느껴지고 울퉁불퉁해진 손톱은 여전히 제 모습을 찾지 못하고 있는 상태다.

내게는 정작 아픈 손가락이 따로 있다. 바로 여동생 '미향'이다.

'미향'은 나와 9살 터울이다. 이 아이는 초등학교 입학 전 막내 고모가 미국으로 데리고 가셨다. 미국인과 결혼한 고모는 아이가 없었다. 그래서 큰 오빠인 내 아버지께 딸을 하나 양녀로 달라고 애원을 해서 데려간 것이다.

어느 부모가 자식이 많대서 귀하지 않은 자식 있겠는가? 내 어머니와 아버지는 몇 달을 고민한 끝에 그 동생을 더 넓은 세상에서 잘 키워 보겠다는 고모의 간청에 따라 미국으로 딸려 보냈다.

당시엔 지금처럼 통신이 발달한 시대가 아니었다. 시골 동네에 전화가 한 대밖에 없던 시대였다. 연락 수단은 오직 편도에 한 달씩 걸리는 국제우편으로 편지를 주고받는 것이었다. 아이가 적응은 잘 하고 있는지, 혹여 울지는 않는지, 밥은 잘 먹는지, 부모님은 미향이 걱정에 늘 노심초사하셨다. 농사일로 바쁜 와중에도 우편배달부가 언제 오는지 늘 살피곤 하셨다. 처음엔 그렇게 부지런히 편지를 주고받으며 고모와 연락을 했다.

그 아이가 미국으로 간 사이 우리 집에는 많은 일들이 있었다.

1년쯤 후에 미향이보다 세 살 위인 남동생을 잃었고, 몇 년 후엔 어머니가 돌아가셨다. 우리는 이사를 하고, 머잖아 아버지는 재혼을 하셨다. 이런 경황없는 시간을 보내는 사이에 미국 고모와 연락이 두절되었다.

시골에서 이사 오면서 웬만한 것을 다 버리고 온 탓에, 나는 초등학교와 중학교시절에 받은 그 많은 상장이나 성적표가 하나도 남아있지 않다. 졸업앨범도 없다. 지금 와서 생각하니 그런 것들이 나에게 행여 이생의 자랑이 될까봐 하나님께서 미리 제거 하신 것 같다. 미국 고모와 주고받은 편지봉투 하나 챙겨오지 못한 것도 나중에야 알았다. 친정아버지께서 한 잔 술을 위로 삼아 흘리시던 눈물에는 생이별한 미향이에 대한 안타까움과 그리움도 녹아 있었다.

미국 텍사스에 사는 사촌언니의 도움으로 미향이와 연락이 닿았다. 27년 만에 한국 땅을 밟은 아이는 '아빠' 소리 한마디를 하지 못했다. 아버지께서도 평생 가슴에 품고 그리워했던 딸을 만났지만 속 시원히 터놓고 정담 한마디도 나눌 수 없었다. 그저 안아보고 손을 만져보는 게 전부였다. 나는 일곱 살에 헤어진 동생을 한눈에 알아 볼 수 있었다.

갈래머리를 땋아 어깨까지 늘어뜨리고, 빨간색 바탕에 곰돌이 무늬가 나염된 누비멜빵 긴치마를 입고 있었던 기억이 난다. 주머니에 양손을 넣고 빙글빙글 돌면서 춤을 추던 모습, 웃을 땐 양 볼에 얇은 보조개가 생긴 귀여운 아이다. 오랜 세월이 흘렀어도 코끝을 찡그리며 웃는 모습이 여전했다. 다행히 사촌 언니의 통역으로 그동안의 사정을 들을 수 있었다.

막내 고모는 아이를 데리고 간 후 얼마 지나지 않아 이혼을 하셨다. 아이의 의사를 존중해주는 미국의 법에 따라 미향이는 고모를 따라가지 않고 미국인 가정에 남았다. 한국 사람이 없는 곳에서 자라다 보니 한국말을 잊어버렸다. 그동안 이 아이는 한국의 부모가 자기를 버렸다고 믿고 있었다. 더구나 막내 고모는 성격이 까칠하고 예민한 편이었다. 하여 어린 나이에 부모 품을 떠나 이역만리 낯선 타국생활에 적응해가는 내 동생을 잘 다독여주지 못했던 듯싶다. 그런 고모에게 아이는 정을 못 붙이고 자기를 멀리 떠나보낸 부모를 늘 원망했다고 한다. 한 달간의 아쉬운 만남을 뒤로하고 미국으로 돌아간 동생과는 다시 만나기가 어려웠다.

이후 그만큼의 세월이 흘렀다. 미향이는 미국 캘리포니아에 살고 있다. 가끔 뉴스에서 캘리포니아에 큰 산불이 나거나 불길한 뉴스를 접할 때면 걱정이 앞선다. 하지만 시차나 생활패턴이 다르고 언어적으로도 소통이 잘 안 되는 동생과 연락이 뜸해지고 말았다. 그러다 보니 그냥 하나님 앞에 기도할 수밖에 없다. 그 아이를 생각하면 언니 노릇을 못한 죄책감에 늘 명치끝이 저려온다. 그동안 내가 영어공부를 열심히 하려고 했던 이유 중 하나도 동생과의 소통을 기대해서였다.

직업이 회계사인 미향이의 외아들 조슈아가 근처에 사는가 보다. 몇 해 전 이메일로 손녀를 봤다고 사진을 보내왔다. 자기에게도 가족이 생겼다고 무척이나 좋아했다. 그래도 미향이는 내게 여전히 아픈 손가락이다.

> 내 영혼아 네가 어찌하여 낙망하며 어찌하여 내 속에서 불안하여 하는고 너는 하나님을 바라라 그 얼굴의 도우심을 인하여 내가 오히려 찬송하리로다(시편 42:5)

상처 입은 기억

"어머니! 잘 살고 있는 아들을 왜 그러세요?"

"그래? 안 죽고 살았냐?"

"네. 걱정 마시고 얼른 일어나세요."

요즘 나의 하루 일과는 이렇듯 마음이 아프신 시어머니와의 대화로 시작된다.

시골에서 홀로 사시던 시어머니께서 지난해 11월부터 우리 집에 오셔서 함께 지내고 있다. 구순을 바라보는 연세에도 늘 꼿꼿해 보이고, 실제로 평생 동안 감기 몇 번 걸려서 약 드신 것 외에는 크게 앓아누운 적 없이 건강하셨다. 그런 시어머니가 작년 추석에 시골집에 갔을 때 예전 같지 않으셔서 검사를 받아 보니 치매 초기란다. 그래서 장남인 우리 집으로 모시고 왔다. 어머니는 괄약근이 약해져서 배설물을 옷이나 화장실에 자주 흘리셨다. 연세가 있으시니 충분히 이해하고, 기꺼이 내가 할 일이라 여겨 처리하고 씻겨 드린다.

시어머니의 대화 레퍼토리는 딱 두 가지다. "둘째 아들이 게을러서 굶어 죽었다."라는 것과 평생 살던 고향집을 하루아침에 떠나와서 생긴 심한 향수병에 "오늘은 우리 집에 가야지." 하는 것. 듣기 좋은 노래도 하루 이틀이라고, 처음에는 치매에 걸린 시어머니가 안타까워서 잘 설명해 드리곤 했다. 그런데 날이 갈수록 증세가 심해지고 있다. 새벽부터 잠들 때까지 한숨과 눈물로 아들을 찾고, 시골집에 가야 하니까 주간보호센터에 안 간다고 떼를 쓰신다. 아이처럼 살살 달래서 깨워 드리고, 함께 샤워를 하고, 옷을 입혀서 얼굴에 스킨과 로션을 발라 드린다. 머리를 곱게 빗겨서 안경과 마스크를 챙겨 드리고, 아침 식사 시중을 든다. 밥숟가락에 반찬을 올리며, 30여 년 넘게 같이 살아 온 남편에게도 거의 해 본 기억이 없는 사랑 고백을 함께 얹어 드린다.

"어머니! 제가 어머니를 얼마나 좋아하는지 아시죠? 저는 친정이 없어서 어머니가 내 엄마예요. 건강하셔야 해요. 사랑해요."

"그래, 우리 큰며느리가 최고여!"

이렇게 주간보호센터에 보내드리고 나서 "오늘도 무사히…." 기도를 한다.

평생 정 붙이고 살던 고향을 강제로 떠나와서 졸지에 실향민이 되셨으니 집에 가고 싶은 마음이야 충분히 이해가 간다. 한데 왜 멀쩡히 잘 살고 있고, 매일 저녁 전화통화도 하는 아들을 죽었다고 하는지 궁금했다. 의학적으로야 여러 가지 원인이 있을 수 있다. 내가 주변 사람들의 조언과 여러 정보를 종합해 본 바로는, 주로 젊었을 때 정신적으로 큰 충격을 받았던 사건이 기억을 관장한 것 같다. 평소엔 조금 전의 일도 기억을 못하면서, 오로지 그 기억만이 생각을 지배하는 게 아닌가 싶다.

시어머니의 경우는 30여 년 전에 그 둘째 아들이 사법고시 2차에 합격해서 군수님까지 집에 찾아와서 인사를 하고 가셨는데, 3차 면접에서 고배를 마셨다. 그 후로 이 아들이 3년 동안 연락이 두절되어 부모님의 큰 근심거리가 되었다. 남의 말 하는 걸 좋아하는 시골 동네 아낙들이 "아마 죽었나 보다"라고 했단다. 그 아들은 결혼하여 딸 하나를 낳고 서울에서 잘 지내고 있다. 비록 거짓 정보였긴 하나, '자식이 죽으면 가슴에 묻는다.'라는 말이 있듯이, 그때 받은 충격이 지금 이렇게 시어머니를 괴롭히고 있는 것 같다.

아픈 상처의 기억이 얼마나 사람을 괴롭히고 힘들게 하는지, 시어머니를 모시면서 새삼 느낀다. 나는 중1 때부터 하나뿐인 남동생을 잃고, 중3, 고2 때와 그 후로도 몇 년 간격으로 6명의 친정 가족을 잃었다. 그중에서도 아버지와 내 아래 세 살 터울인 여동생은 내 손으로 직접 임종 기도를 해서 하늘나라로 보냈다. 내 눈은 항상 고장 난 수도꼭지처럼 마를 날이 없었다. 그런 나로선 시어머니의 치매 증상에 은근히 걱정이 된다. 그러나 예수님의 보혈은 치유하지 못할 질병이 없고, 용서하지 못할 죄가 없는 것을 믿는다. 고난주간을 보내고 부활주일을 맞으며, 내 모든 허물과 죄를 십자가에서 흘린 피로 사하시고, 사망을 멸하시고 부활하신 주님을 깊이 묵상한다.

그가 찔림은 우리의 허물을 인함이요. 그가 상함은 우리의 죄악을 인함이라. 그가 징계를 받음으로 우리가 평화를 누리고 그가 채찍에 맞음으로 우리가 나음을 입었도다(사 53:5)

Chapter 2

주님의 이끄심

구원의 감격

나는 4살 때부터 발포교회 선교원과 주일학교를 다녔다. 유치원이 없는 시골마을 교회에서 주일학교 교사들이 동네 아이들을 모아 놓고 한글과 구구단을 가르쳤다. 주일 예배도 빠짐없이 출석해서 요절을 잘 외웠다. 1등을 한 상품으로 관리집사님이 직접 키운 마디 호박과 오이 등 첫 열매를 받아 왔다. 초등학교에 들어가서도 얼마 동안은 교회를 다녔지만, 할머니의 반대로 못 나갔다.

서울로 이사를 온 후엔 친구가 없었다. 주일이면 작은아버지를 따라 장위동 고개에 있는 영천교회를 다녔다. 작은 아버지께서는 토요일이면 두 아들의 목욕을 손수 시키고, 천 원짜리 지폐를 새 돈으로 준비하거나 다림질을 하여 성경책에 끼워서 주일학교에 보내셨다. 가끔 가족이 나란히 손을 잡고 교회를 갈 때면, 그 모습이 너무나 좋아보였다. 나는 뒤따라가면서 나중에 믿는 집에 시집을 가야겠다고 다짐을 했다.

나의 바람대로 믿는 가정으로 시집을 왔다. 그러나 신혼의 단꿈에 빠져서 교회를 잊어버렸다. 매일 남편과 쇼핑을 다니고, 맛있는 것 해 먹고, 나의 모든 무거운 짐을 다 벗어버린 듯 기쁨에 넘치는 일상을 이어갔다. 그땐 아무것도 부러울 게 없었다. 하지만 행복은 그리 오래가지 못했다. 친정 작은아버지께서 급히 돈이 필요하다고 집 보증금 2백만 원을 빌려간 후 아무 소식이 없었다. 집 보증금을 날리고 딸아이 돌 반지와 결혼 패물을 다 팔아서 달러 빚을 갚았다.

더 이상 서울에서 살 수가 없었다. 세곡동으로 이사한 작은집을 찾아가서 방 한 칸을 달라고 하였다. 세 살이 된 딸과, 돌이 돌아오는 아들 그리고 치매에 걸린 친정 할머니는 내 차지가 됐다. 할머니는 하루에 대여섯 번씩 목욕을 씻겨도 소용이 없었다. '자라면서 받은 사랑을 다 갚는다.'라는 마음으로 할머니를 보살폈다. 1년 만에 할머니의 장례식을 치르고, 간경화로 주저앉은 남편과 아이들을 데리고 무작정 시골로 내려왔다. 지금의 분당이다.

처음 교회를 나간 그 다음 주부터 담임목사님은 내게 성경공부를 권유하셨다. 매주 목요일마다 네댓 명이 함께 공부를 하였다. 나는 창세기 1장이 도저히 믿어지지 않았다. 모든 것이 과학적으로 다 증명이 되는 시대에, 하나님이 무슨 천지만물을 창조하셨단 말인가. 그중에서도 '하나님이 빛과 어둠을 나누사 빛을 낮이라 칭하시고 어두움을 밤이라 칭하시니라 저녁이 되며 아침이 되니 이는 첫째 날이라'(창세기 1:4~5)는 말씀이 더욱 믿어지지 않았다. 어릴 때부터 교회에 나갔으나, 뭘 믿었던 것인지. 마음속에 깊이 자리 잡은 원초적인 불신에 진화론적 교육을 받은 탓이었다.

집에 와서도 계속해서 '기독교는 너무 이기적이다'라는 생각이 머릿속을 떠나지 않았다. 학교에서 과학시간에 분명히 '지구의 자전과 공전에 의하여 낮과 밤이 생기고 일자와 연한이 이루어진다'라고 배웠는데, 성경에는 '하나님이 만드셨다'라고 하였다. 내가 알고 있는 지식을 다 동원하여 목사님께 반문을 하였다. 목사님께서는 공부 시간마다 설명하시느라 진땀을 흘리셨다. 나도 나름대로 더 어려운 질문을 준비해가기도 했다. 그렇게 1년이 지났다.

나는 물세례를 받던 날 성령세례를 같이 받았다.
"영접하는 자 곧 그 이름을 믿는 자들에게는 하나님의 자녀가 되는 권세를 주셨으니(요 1:12)"
목사님께서 낭독하신 말씀이 내 가슴에 '꽝' 하고 부딪히는 것이었다. 그 순간 주체할 수 없는 눈물이 쏟아졌다. 아무리 참으려고 해도 그쳐지지가 않았다. 한나절을 울었다. 가슴속에 산처럼 쌓였던 아픔과 원망과 미움과 슬픔이, 짓눌린 세월만큼 녹아내렸다.
"주님! 어리석은 나를 용서하옵소서."

내 짧은 지식으로 목사님께 대들었던 것이 너무나 부끄러웠다. 그 후로는 성경이 다 믿어지고 어떤 말씀에도 '아멘'이 터져 나왔다.

성령 체험 후, 받은 은혜에 감격하여 일주일 내내 교회에서 살았다. 주일학교 교사로, 성가대 봉사로, 선교원 차량 운행으로, 7살 취학반 교사로, 새벽기도 차량 봉사로, 꽃꽂이까지, 40kg도 안 되는 체구로 15인승 토픽을 몰고 다녔다. 스틱에 광폭 타이어, 심지어 파워핸들이 아니라서 남자 청년들도 그 차는 기피했다. 체력이 딸려서 일주일에 몇 번씩, 밤이면 과로로 쓰러져 기절을 했다. 남편이 제발 집에서 쉬라고 말려도 아침이면 '언제 그랬느냐' 싶게 일어나서 교회로 달려갔다. 어느 누구도 내게 아픔이 있다는 걸 몰랐다. 전화 벨 소리만 들어도 가슴이 철렁 내려앉아서, 진동으로 하거나 아예 무음으로 해 놓는 경우가 많았다. 툭하면 체하고 배가 아파서 하루 종일 밥 한 공기를 다 못 먹었다.

예수를 믿은 후, 모든 약한 것을 다 고침 받았다. 유월절 어린양이신 예수의 피를 굳게 믿을 뿐 아니라, 매일 내 몸과 영혼에 그 피를 바르며 산다. 내가 살아온 중에서 지금이 가장 건강하다. 시집 와서 걸레질도 못 하고 쌀도 못 씻었던 내가, 지금은 교회 화장실 청소를 도맡아 하고 있다. 가끔 남편이 그런 나를 "장군 같다."라고 하며 웃는다.

오직 여호와를 앙망하는 자는 새 힘을 얻으리니 독수리의 날개치며 올라감 같을 것이요 달음박질하여도 곤비치 아니하겠고 걸어가도 피곤치 아니하리로다(이사야 40:31)

차 Key 주세요

내가 세례를 받은 교회는 성남시 금곡동에 위치한 금곡교회였다. 1989년 4월 27일 신도시가 발표되고 나서 순차적으로 철거가 진행되는 몇 개월 동안, 성도들이 더 열심히 모여서 기도하였다. 구역예배 모임도 그 어느 때보다 뜨거웠다. 특히 내가 속한 구역은 20대 후반에서 30대 초반의, 초등학교 저학년 학부형들과 새댁들로 구성된 사랑구역이었다. 결속력이 좋았다. 시골 동네에 모일 곳이 마뜩찮은 터라, 일주일에 한 번 구역예배로 모이는 것이 유일한 낙이었다. 구역장 집사님이 '반지 계'를 하자고 제안을 했다. 뿔뿔이 흩어져도 서로 잊지 말자는 뜻으로, 순금 한 돈 반짜리 반지로 정했다. 6명이 제비를 뽑아 차례를 정하고 매월 계를 탔다. 맨 마지막에 내 차례가 되었다. 나는 반지 말고 현금으로 달라고 하였다. 구역장은 일부러 시내에 나가는 수고를 덜었다며 흔쾌히 현금 13만 원을 건네주었다.

다음 날 신갈에 있는 운전학원으로 달려갔다. 13만 원에 2만4천 원을 더해서 1종 보통 면허시험등록을 했다. 단번에 필기시험에 합격하고, 실기시험에 도전했다. 강사가 내 신청서를 보더니 2종으로 바꾸라고 했다. 그래도 나는 1종 보통을 고집했다. 아저씨들 틈에서 차례를 기다린 끝에 운전 연습용 트럭에 올라앉았다. 떨리는 마음으로 시동을 걸었다. 핸들을 잡아 돌리려는데, 몇 번을 시도해도 핸들이 꿈쩍도 하지 않는다. 강사를 불러서 '핸들이 고장이 나서 움직이지 않는다.'고 하자, 하마만 한 덩치에 검정색 뿔테 안경을 쓴 여자 강사가 소리를 꽥 질렀다.

"그러니까 내가 2종으로 바꾸랬잖아? 당장 바꿔 와요."

"안 돼요."

"아니, 그 체격으로 어떻게 1종을 한다고…."

몇 번을 도전한 끝에 겨우 핸들을 반 바퀴쯤 돌렸는데, 한순간에 내 손을 감은 채 다시 원위치로 돌아가 버린다. '아버지 힘주세요.' 기도하면서 자동차 핸들과 씨름을 했으나 생각대로 되질 않았다. 그날은 포기하고 집으로 돌아왔다. 속이 상한 나는 남편 앞에서 울먹였다.

"나는 1종을 딸 수 없대요."

"신경 쓰지 마요. 당신은 할 수 있어요. 내가 기도해 줄게요."

남편의 위로에 힘입어 다음 날 다시 운전학원에 갔다. 트럭에 올라앉아 핸들을 잡고 진땀을 뺐으나 여전히 큰 진전 없이 돌아왔다. '강사가 시키는 대로 그만 2종으로 바꿔야 하나?' 잠깐 마음이 흔들렸지만 그럴 수가 없었다. 다음 날도 강사의 눈치를 보면서 운전석에 올라 시동을 걸었다. 집에서 남편이 준 팁(Tip)을 복기하며 엑셀을 살짝 밟으면서 핸들을 돌렸다. 그렇게 꿈쩍도 안 하던 핸들이 돌아가는 것이다.

1톤 트럭이 서서히 움직이기 시작했다. 차례를 기다리던 아저씨들이 손뼉을 쳤다. 당시엔 1종 보통 면허를 취득한 여성들이 10% 정도에 불과했다. 대부분이 스틱 차량이어서, 기어를 변속하려면 두 손 두 발을 다 사용해야 했다. 연습기간 내내 "젊은 아가씨가 뭐하려고 힘들게 1종을 따려 하느냐"라면서, 어떤 아저씨는 내게 "아가씨, 나와 배추장사 할래요?"라고 농담을 걸어오기도 했다. 3일이 지나면서부터는 아저씨들이 내게 운전을 가르쳐 달라고 했다. 집에 와서 보면 팔이며 다리 여기저기에 시퍼런 멍 자국이 한두 군데가 아니었다. 1990년 봄볕이 따사로운 4월 어느 날, 나는 단번에 합격하여 1종 보통면허증을 받았다. 교회로 전화를 걸었다.

"목사님! 저 면허 땄어요. 차 키(Key) 주세요."

귀가해서 남편에게 면허증을 내밀었다. 그이도 잘했다며 손뼉을 쳤다.

다음날, 수원시 우만동에 임시로 옮겨 간 교회에서 수요예배를 드린 뒤 구역장과 함께 철야기도를 했다. 새벽예배를 드리고 담임

목사님께서 나를 조수석에 앉히셨다. 12인승 봉고차로 나를 태워다 주시는 동안 목사님은 승합차 운전 시 중요한 조작법 몇 가지를 일러주셨다. 이것이 내가 받은 운전 연수의 전부였다. 금요일 아침에 사모님으로부터 전화가 왔다. '목사님께서 기도원에 가셨으니, 이번 금요기도회에 운전을 해서 성도들을 태우고 교회로 오라'고 하신다.

철거민이 된 성도들은 분당 근처에서부터 죽전, 독바위, 수원 등에 흩어져 임시 터전을 잡고 살았다. 마을이 철거되면서 교회를 섬기던 청년들이 다 떠나고, 교회 차량을 운전할 사람이 없었다. 담임목사님께서 직접 수원에서 출발하여 한 바퀴 돌아서 차량 운행을 하셨다. 문제는 죽전(풍덕천)에서 수원 우만동까지 비포장 편도1차선 도로라는 거였다. 그러다 보니 퇴근 시간엔 교통체증이 심해서 예배시간에 맞춰 도착한다는 게 여간 어려운 일이 아니었다. 중간쯤에 사는 집사님 댁에 들러 예배를 드리고 돌아가는 일이 비일비재했다. 그럴 때마다 안타까웠다. '반드시 내가 운전면허를 취득해서 교회차량 봉사를 하겠노라'라고 다짐을 했던 것이다.

왕초보에게 생명을 맡기고 함께 철야기도를 다녔던 구역장의 믿음이 대단했다. 낮에는 도로가 번잡하므로 교회에서 밤새 기도를 했다. 새벽기도를 마친 후 한가한 시간에 온전히 "주여! 주여!" 기도하며 운전을 하고 집으로 오곤 했다. 한번은 덤프트럭을 피해 핸들을 너무 꺾어 차가 길가 언덕에 걸려서 위험한 순간도 있었다. 1년 후 신도시에 교회가 입주를 해서 봉사하는 청년들이 있었지만, 광폭 타이어에 파워핸들도 아닌, 크고 무거운 15인승 토픽은 아무도 운전을 안 하려고 해서 내 차지가 된 것이다. 그래도 감사함으로 최선을 다해 새벽기도 차량 운행까지 했다.

분당 신도시를 손바닥처럼 누비고 다녔다. 6개월쯤 지나 남편이 새 승용차를 사주었다. 얼마나 가볍고 좋던지 고속도로에서 200㎞/h를 밟아보기도 했다. 큰 차로 힘들게 봉사를 해서인지, 지금까지 하나님께서는 내게 분에 넘치는 좋은 차를 주셨다. 모르는 사람들은 "무슨 개척교회 목사님이 저렇게 좋은 차를 타느냐"라며 "남편이 엄청 돈을 잘 버나 보다."라고 한다.

가르침을 받는 자는 말씀을 가르치는 자와 모든 좋은 것을 함께 하라 스스로 속이지 말라 하나님은 업신여김을 받지 아니하시나니 사람이 무엇으로 심든지 그대로 거두리라 자기의 육체를 위하여 심는 자는 육체로부터 썩어질 것을 거두고 성령을 위하여 심는 자는 성령으로부터 영생을 거두리라 우리가 선을 행하되 낙심하지 말지니 포기하지 아니하면 때가 이르매 거두리라 그러므로 우리는 기회 있는 대로 모든 이에게 착한 일을 하되 더욱 믿음의 가정들에게 할지니라(갈라디아서 6:6~11)

정금 같이

다니던 교회가 분당 신도시 시범단지에 입주 했다. 주일학교가 부흥이 되면서 중고등부 학생들까지 주일학교 보조교사라도 맡아야 했다. 남편은 주일학교 부장을 맡고, 나는 초등부 3~4학년 교사를 맡았다. 담임목사님께서 주말에 공과 책으로 교사들에게 선교육을 시키셨다. 내가 성경지식이 부족하니 담임목사님으로부터 미리 공부를 했어도, 아이들의 돌발 질문에 명쾌한 대답을 해 줄수가 없었다. 어느 날 사모님으로부터 신학교 입학지원서를 받았다. 내가 속한 구역장 집사님과 둘이서 어린이선교원신학교 통신학부에 입학을 하게 되었다. 그동안 교회에서 접하지 못했던 신학용어와 성경지식에 눈이 반짝거렸다. 어릴 때부터 책 읽고 공부하는 것을 좋아했기에 바쁜 중에도 열심히 했다. 주일학생들에게 복음을 제대로 알고 전해주려는 마음, 딱 거기까지였다.

주일학교 어린이 성가대 지휘를 맡았다. 30명 정도의 초등학생들이었다. 국악찬양을 많이 연습하여 교회 행사 때에는 모두 한복을 입고 찬양을 하였다. 사랑을 많이 받았다. 평소에는 선교원에서 봉사하며 틈틈이 목사님과 사모님, 전도사님을 모시고 심방도 다녔다. 성도가 300명 정도로 교회가 부흥됐다. 성도들 가정마다 아이들 돌이며, 어른들 생일이며, 대소사를 일일이 기억했다가 챙겼다. 밤이면 경비 아저씨들 몰래 교회 전단지를 붙이러 다녔다.

당시에 이슬비 전도 편지가 유행이었다. 필체가 좋은 남편은 주로 남성들에게 편지를 썼다. 몇 달 후에는 편지를 받은 분들이 직접 교회를 찾아오기도 했다. "어떤 분이 그렇게 편지를 정성스럽게 썼는지 궁금해서 왔다."라고 했다. 성도들 중에 비슷한 또래의 대여섯 가정은 형제지간처럼 친하게 지냈다. 주일이면 예배 후에 족발 집을 하는 집사님네서 주로 외식을 했다. 남자 집사님들이 초신자들이기 때문에 일부러 친교시간을 가진 것이었다. 어느 날 아는 사모님을 만나러 약속 장소로 갔다. 먼저 만난 분과 대화중이었다. 옆에서 잠시 듣고 있는데, 아무래도 남편 이야기를 하는 것 같았다. "그런 분이 우리 개척교회에 오셨으면 좋겠다."라고 입에 침이 마를 정도로 칭찬을 했다. 분당에 소문이 자자했다.

우리교회는 1989년 4월 신도시가 발표되고, 토지공사로부터 정자동에 시가로 13억 원 정도의 땅을 대토로 받았다. 개척 멤버나 다름없는 십여 명의 성도들은 시간이 날 때마다 그곳에 가서 맨땅에 돗자리를 깔고 앉아서 '교회 건축을 위해' 기도회를 가지곤 했다. 그런 교회에 문제가 생겼다. 주일예배를 마치고 집에서 아이들과 쉬고 있는데, 한 성도로부터 전화가 왔다. "재정집사인 남편과 담임목사님 둘이서 짜고, 성도들 몰래 교회 땅을 팔았다."라는 것이다. 금시초문이었다. 남편은 "말도 안 된다."라며 전화를 끊었다. 여기저기서 전화가 왔다. 우리는 모르는 일이라고 해도 막무가내였다. 듣다 못한 남편은 어떻게 된 일인지 목사님께 여쭤보자고 성도들과 시간을 정하여 함께 사택으로 찾아갔다. 목사님은 남편에게 아무것도 모르는 성도들을 선동해서 따지러 왔다고 역정을 내면서 몰아치셨다.

그동안 하나님께 은혜 받고, 목사님을 무척 존경하고 친 가족처럼 믿고 따랐다. 그런 목사님과 사모님에게서 전혀 다른 모습을 보았다. 며칠 동안 두 분이 집으로 매일 찾아오셨다. 일부러 자리를 피해 아이들을 데리고 놀이터에서 놀다가 들어가면 집에서 큰 소리가 났다. 남편은 늘 죄인처럼 앉아 있었다. 마침 추석이었다. 이런 상황에 교회를 간들 목사님의 설교가 귀에 들어 올 것 같지 않아 일부러 시골집에서 주일을 보내고 올라왔다. 그동안 한 번도 본 교회 주일예배를 빠진 적이 없었다. 한 주를 빠지고 나니, 그 다음 주에도 찜찜한 마음으로 교회에 갈 수가 없었다. 한참을 망설이다가 11시가 다 되어 근처에 있는 교회에 가서 예배를 드리고 왔다. 다음 날 목사님과 사모님이 또 찾아오셨다. 이번에는 우리가 성도들을 다 데리고 나갔다는 것이다. 나중에 알게 된 사실이다. 교회의 중직을 맡아서 열심을 내던 우리 가족이 교회에 안 나오니, 친하게 지내던 집사님들도 그동안의 상황을 알고는 교회를 안 나간 것이었다.

안 좋은 소문은 삽시간에 퍼졌다. 성도들이 절반 이상 떠나고, 우리가족도 교회를 떠나왔다. 성령체험 후 20대 후반부터 30대 중반까지 10여 년의 세월 동안 마음과 뜻과 정성을 다해 섬기던 교회였다. 마음의 상처가 너무 커서 어느 교회에도 갈 수가 없었다. 주일이면 아이들은 근처 교회 주일학교에 보냈다. 남편도 어쩔 수 없이 아파트 주변교회에 나갔다. 그 시간 집에 홀로 남은 나는 성경을 펴고 무릎을 꿇었다. 이내 엎드려 한없이 울었다. 목회자에 대한 불신이 깊어져 갔다. 몇 달간 주일을 그렇게 보냈다.

어느 주일 오후, 집에 초인종이 울려서 현관문을 열었다. 이전에 같은 교회에서 믿음생활을 했던 여 집사님 두 분이 찾아오셨다. 다짜고짜 함께 갈 곳이 있다면서 양쪽에서 내 팔짱을 끼고 연행해 갔다. 20분쯤 걸어서 도착한 곳은 퀴퀴한 곰팡이 냄새가 올라오는 지하실이었다. 20여 평 남짓한 예배당에 10여 명의 성도들이 앉아서 찬송을 부르고 있었다. 구국기도원이었다.

사람이 마음으로 자기의 길을 계획할지라도 그 걸음을 인도하는 자는 여호와시니라(잠언 16 :9)

구국기도원에서

　나는 초신자 때부터 집사님들을 따라 밤에 삼각산에 기도하러 다녔다. 한얼산기도원에도 혼자서 열심히 다녔지만, 구국기도원은 처음이었다. 그동안 다니던 일반적인 교회의 모습과는 달라 적잖이 낯설었다. 처음에는 이단인가 싶어서 내심 불안했다. 어쨌든 그곳에 아는 분들도 출석하고 있었고, 예수 그리스도의 성육신과 복음의 핵심이 빗나가지 않아서 안심하고 다녔다.

　매일 오전 10시, 오후 2시, 밤 9시 하루 세 번의 예배가 있었다. 다른 집사님과 권사님들이 나누는 대화를 들으니 "40일 작정 기도를 한다."라고 했다. 그게 뭐냐고 물었더니, 담임목사님께서 각자에게 40일이나 70일씩 작정을 시키면, 기도제목을 정해서 40일 동안 집중적으로 기도하는 것이라고 했다. 내게는 몇 주가 지나도록 작정도 시키지 않으셨다. 나중에 들은 이야기다. 30대 중반의 나이에도 한없이 어려보이는 내가 며칠 나오다 그만둘 줄 알았단다.

　기도에 대한 욕심이 생겼다. 혼자서 40일 작정을 했다. 당시 사법고시 3차 면접에서 실패한 시동생이 3년 동안 집식구들과 연락을 끊은 상태였다. 설이나 추석 때 시댁에 가면, 4남 1녀를 둔 시부모님은 다른 자식들이 다 모여 있어도, 소식 없는 둘째 아들 걱정에 완전히 초상집 분위기였다. 맏며느리인 나는 시동생을 찾게 해달라고 기도제목을 정했다. 다른 사람들은 하루에 한 번 예배 드리러 왔다. 나는 걸어서 20여 분 소요되는 기도원에 하루 세 번씩 다녔다. 구국기도원의 규칙상 머리를 단정하게 하나로 묶어서 올리고, 흰 저고리와 검정 치마로 된 한복을 입으라고 예배시간마다 광고를 하셨다. 한데 아무도 안 입어서 나 혼자 한복을 맞춰 입고 갔더니, 목사님께서 놀라셨다. 다른 성도들이 다 웃었다.

매일 밤이면 꿈속에서 응답을 받았다. '죽지 않고 살아 있어요.' '외국이 아닌, 국내에 있어요.' '결혼은 안 했어요.' '건축 일을 하고 있어요.' 이렇게 낮에 기도하고 와서 밤에 꿈으로 본 것을 남편에게 알렸다. 목사님께서 정해주신 작정기도가 아니어서, 기도 제목을 나누지 못하고 혼자만 기도했다. 어느덧 40일이 되었다. 현실에서는 아무 소식이 없었다. 조금 실망스럽기도 했다. 다른 성도들이 작정기도 십일조를 한다는 소리를 들었다. 나도 4일 더 해야겠다고 마음먹고 현관에서 신발을 신었다. 문고리를 잡으려는데 전화벨이 울려서 다시 들어갔다.

"여보세요."

"잘 지내셨어요?"

어디서 많이 들어 본 목소리 같긴 한데 얼른 감이 잡히질 않았다.

"음, 누구세요?

"이제 제 목소리도 잊었어요?"

시동생이었다. 반가운 마음에 지금 당장 집으로 오라고 했더니, 몇 시간 후에 멀쩡한 모습으로 나타났다. 작정기도의 응답이었다.

교회를 옮긴지 몇 달 후에 부흥회가 있었다.

습관처럼 맨 앞자리에 우리 가족이 자리를 잡고 앉았다. 나는 강사 목사님의 표적이 되었다. 3박4일간의 부흥회기간 동안 강사 목사님은 걸걸한 목소리로 "아따! 고 년 이쁘게 생겼네."로 시작해서 끝날 때까지 욕인지 칭찬인지 모를 소리를 집중투하 했다. 부흥회가 끝나는 날, 담임목사님께서 우리 부부를 함께 부르셨다. 부흥회기간 내내 강사 목사님이 나를 공격하는 걸 보시고 시험에 들어가 버릴까 봐 가슴이 조마조마했다면서 대신 사과를 하셨다. 의외로 나는 강사님으로부터 그런 소리를 들을 때마다 '아직도 내게 거듭나지 못한 세상적인 모습이 많이 남아 있나 보다.' 하면서 계속 회개를 하였다. 은혜를 받으니 욕도 복이 되었다.

기도의 재미를 붙여 금식과 작정기도 훈련도 받았다. "우리 가운데서 역사하시는 능력대로 우리의 온갖 구하는 것이나 생각하는 것에 더 넘치도록 능히 하실"(엡 3:20) 하나님께서 방언을 하고 환상을 보는 선물도 주셨다. 초등학교 3학년 딸이 주일예배 반주를 하고, 나중에 아들도 매일 밤 드럼을 치면서 7년 동안 온 가족이 함께 기도훈련을 받으며 교회와 기도원을 섬겼다. 같이 기도하던 사모님의 여동생을 동서로 맞았다.

구하라 그러면 너희에게 주실 것이요 찾으라 그러면 찾을 것이요 문을 두드리라 그러면 너희에게 열릴 것이니 구하는 이마다 얻을 것이요 찾는 이가 찾을 것이요 두드리는 이에게 열릴 것이니라. 너희 중에 누가 아들이 떡을 달라 하면 돌을 주며 생선을 달라 하면 뱀을 줄 사람이 있겠느냐 너희가 악한 자라도 좋은 것으로 자식에게 줄줄 알거든 하물며 하늘에 계신 너희 아버지께서 구하는 자에게 좋은 것으로 주시지 않겠느냐(마 7:7-11).

소원 있어요

설을 며칠 앞두고 벌교 시댁에 내려갔다.

고속도로가 붐빌 것을 염려해 미리 내려간 것이다. 남편과 함께 순천에 가서 명절 쇨 시장을 보고 있었다. 전화벨이 울려서 받아보니 친정동생이 약간 가라앉은 듯한 목소리로 어디냐고 묻는다. 시골에 내려왔다고 했더니, 놀라지 말라며 울먹이는 소리로 아버지가 많이 아프시다고 했다. 어디가 어떻게 아프냐고 다그쳐 묻는 내게 폐암 말기라고 하며 말을 잇지 못하고 전화를 끊는다. 다리에 힘이 빠져 그 자리에 주저앉고 말았다. 그런 나를 일으켜 세운 남편은 시장을 대충 봐서 집으로 돌아왔다. 나는 심장이 떨리고 팔다리가 후들거려서 아무 일도 할 수가 없었다. 동생의 전화를 받은 순간부터 내 눈은 고장 난 수도꼭지가 되었다.

설을 어떻게 쇤지도 모르고 친정으로 올라왔다. 아버지는 성남에서 사시다가 시화 신도시에 아파트를 분양 받아 이사한 지 1년 정도 되셨다. 기골이 장대한 편인 아버지께서 그런 몹쓸 병에 걸리시다니 도무지 믿어지지 않았다. 아버지께서 암 진단을 받은 서울

대병원으로 찾아가서 담당의사와 면담을 했다. 길어야 3개월이라고 했다. 치료 방법이 없느냐고 매달리는 우리에게 드시고 싶은 것 마음껏 드시게 하고, 가고 싶은 데 있으면 다녀오시게 하라는 것이다.

나는 어려서부터 아버지의 사랑을 유달리 많이 받고 자랐다. 아주 어릴 때부터 중 1때까지 동네마실 가신 할머니를 따라가서 잠든 나를 아버지는 등에 업고 집으로 오시곤 하셨다. 고 2때까지 더운물로 목욕준비를 해주시고 손수 머리를 감겨주시고 손발톱을 깎아 주셨다.

아버지는 30대에 아들과 아내를 잃고, 나는 10대에 동생과 엄마를 잃은 아픔을 함께 겪으며 같은 상처를 안고 살아온 고난의 동지이기도 하다.

내가 결혼할 때, 어미를 여읜 첫 딸을 시집보내며 아버지는 며칠을 우셨다는 말을 들었다.

아무 것도 없이 시작한 신혼살림에 시동생들과 시누이까지 함께 살면서, 힘들다는 핑계로 친정아버지께는 양말 한 켤레도 제대로 된 걸 사 드린 적이 없는 것 같았다. 외식 한번 시켜 드린 적도 없었다.

아버지는 어린 아들과 아내를 잃고 나서 술과 눈물과 담배로 세월을 사셨다. 결국 폐암 말기라는 사형선고를 받은 것이다. 그동안 혼자서 몇 군데 병원을 다니며 엑스레이 사진을 찍어 모아둔 것이 있었다. 몸에 이상 징후를 느낀 아버지께서는 아무에게도 말하지 않고 이 병원 저 병원을 다니며 검사를 받았던 것이다. 하나 병원마다 원인을 찾지 못했고 시간이 흘러 어느 날 밤 호흡곤란이 온 상태로 병원에 실려 가서 진단을 받은 것이다.

아버지께는 당신의 병명을 비밀에 붙이기로 했다. 어떻게든 아버지의 마음을 안정시켜 드리고 싶었다. 무엇보다 남은 삶을 예수 믿고 구원 받게 해드리고 싶었다. 나는 처음 예수를 믿은 순간부터 가족구원에 대한 남다른 애착이 있었다. 남동생과 어머니가 예수를 안 믿고 돌아가셨기 때문에 몹시 마음이 아파서 남은 가족들에게는 반드시 복음을 전하겠다고 했던 하나님과의 약속이기도 했다. 이전에 금식기도 때도 아버지를 구원해 달라고 하나님께 울면서 기도하곤 했었다.

분당 정자동 우리 집에서 시화 친정까지 1시간 거리를 매일 찾아갔다. 아들이 없는 아버지는 하나밖에 없는 손자 지웅이를 많이 예뻐하셔서 아이들을 꼭 데리고 다녔다.

아버지는 아귀찜을 좋아하셨다. 어느 날 우리 동네 소문난 맛집에서 아귀찜을 사가지고 식지 않도록 꽁꽁 싸서 달려갔다. 아귀찜을 맛있게 드신 아버지께서 소파에 앉아 쉬고 계셨다. 나는 어떻게든 아버지께 복음을 전해야 되겠다는 마음으로 서성이다가 아버지 앞에 무릎을 꿇었다.

"아버지! 소원 있어요. 꼭 들어 주세요."

"무슨 말이냐?"

아버지는 당황해 하셨다. 더 이상 미룰 수 없어 결심을 하고 말씀을 드렸다.

"아버지 몸이 많이 안 좋대요."

"나도 안다. 내 목숨 중한 것 알아서 살아보려고 이 병원 저 병원 찾아다녔다."

아버지의 목소리가 떨리고 있었다.

"걱정하지 마세요. 하나님께서 제게 사람을 낫게 하는 신유의 은사를 주셨어요. 내가 기도하면 중환자실에서 다 죽어가던 사람들도 살아나는 걸 여럿 봤어요. 아버지도 예수 믿으면 깨끗이 나을 수 있어요. 내가 기도할 때 믿어지시면 '아멘' 하세요. 그래야 살 수 있어요."

기회를 놓칠세라 아버지를 소파에 눕히고 가슴에 손을 얹고 기도를 시작했다.

"하나님! 내 육신의 아버지가 평생 하나님을 모르고 지은 죄를 용서하여 주세요."

나의 기도는 눈물로 변했고 곁에 있던 새 어머니와 남편도 울었다. 아버지도 우셨다.

"우리의 죄와 허물을 지시고 십자가에서 죽으시고, 우리를 살리려 사망을 멸하시고 부활하신 예수님! 내 아버지의 병을 고쳐주실 줄 믿습니다. 아멘!"

"아멘!"

아버지께서도 아멘 하셨다.

예전엔 금식 기도하는 내게, 미친 짓 그만하고 적당히 하라시며 죽어도 당신은 예수 안 믿겠다던 아버지다.

나는 얼른 남편의 손을 잡고, 늦었으니 빨리 집에 가자고 밖으로 나왔다. 사실은 아버지의 '아멘' 하는 소리에 너무 기뻐서 가슴이 벅차올랐다. 까다롭고 예민하신 아버지 앞에서 내색을 할 수 없어서 남편의 손을 잡고 뛰어나온 것이다. 집으로 오는 내내 남편에게 확인하고 또 확인했다.

"우리 아버지가 '아멘' 하는 소리 들어 봤지? 정말 '아멘' 소리 맞지?"

너무 기뻐서 소리를 질렀다.

"하나님! 감사합니다."

기도의 여운이 가시기 전에 확실히 전도를 해야겠다는 생각에 매일 아버지를 찾아갔다. 아이들에게 할아버지 팔 다리를 주무르게 하고, 나는 등에다 대고 속으로 기도하였다. 다음 주일에 교회 가자고 아버지를 모시러 갔다. 순순히 따라오시는 것이었다. 1년 후에 새어머니와 동생 내외까지 4명이 한꺼번에 세례를 받았다.

주 예수를 믿으라 그리하면 너와 네 집이 구원을 얻으리라

(사도행전 16:31)

기도대로

아버지는 매월 정기 검진을 받아야 했다.

한 달이 지나 남편이 아버지를 모시고 병원에 갔다. 말기 암 환자가 얼굴빛 하나 상하지 않은 채 그 어떤 통증도 없다고 하니, 담당 의사가 고개를 갸우뚱하며 다시 검진을 하자고 했다. 의사는 놀란 표정을 지으며 재차 내게 물었다.

"그동안 무슨 치료를 받았나요? 기적이 아니고서야 어떻게 이런 일이…"

폐 부위 전체에 하얗게 퍼져있던 암세포가 작은 덩어리 모양으로 가운데 모여 있다는 것이다. 처음에는 암세포가 사방으로 퍼져서 치료할 엄두도 못 내었다고 했다. 이 정도면 치료를 해 볼 가능성이 있다고 했다. 마침 일본에서 '이레사'라는 신약이 개발되어 임상 실험 중이니 그 약을 써 보기로 했다.

아버지는 손이 귀한 집안의 장손으로 태어나 어려서부터 온갖 혜택을 다 누리며 성인이 될 때까지 어려움을 모르고 살아오셨다.

온 집안 식구들이 뜻을 다 받아줘서인지 몰라도, 자식들의 눈에 비친 아버지의 성격은 조금 유별나셨다. 그중의 하나가 당신 맘에 안 들거나 힘든 일을 만나면 유독 못 견디시는 점이었다. 하여 통증이 심해지면 그걸 어찌 이겨내실지, 그리고 옆에서 간호하는 새어머니가 어떻게 감당해낼지 걱정이 앞섰다. 나는 누구보다 그런 아버지의 성격을 잘 아는 터라, 통증이 없게 달라고 기도 했다. 그리고 예수 믿고 구원 받을 기회를 얻기 위해 1년만이라도 더 살게 해 달라고 기도했다.

보통 대부분의 환자들이 항암치료를 받는 날은 어지럼증과 구토를 경험하고 식욕을 잃어 고통스러워한다. 허나 친정아버지는 아무 고통 없이 항암 치료를 받을 수 있었다. 치료가 끝나면 오히려 시장하다고 빨리 식사하러 가자고 다그치기까지 하셨다. 병실에서 같이 항암제를 맞는 사람들도 신기해하고 부러워했다. 남편은 늘 아버지 곁에서 최선을 다해 섬겼다. 주일마다 교회도 열심히 모시고 다녔다.

몇 개월이 지나자 그동안 항암치료가 잘되어 암세포가 많이 줄어들었다는 검진 결과가 나왔다. 이 정도면 정상적인 생활에 아무 지장이 없다는 것이다. 아버지의 건강이 회복되어 온 집안 식구들도 한시름 놓았다. 또 한 해를 무사히 넘기고 새해가 지나가고 있었다.

아버지를 뵐 때마다 "아들 노릇 하겠다."라던 남편은 지금도 그 약속을 잘 지키고 있다.

하나님이 세상을 이처럼 사랑하사 독생자를 주셨으니 이는 저를 믿는 자마다 멸망치 않고 영생을 얻게 하려 하심이니라

(요한복음 3:16)

3월에 내린 폭설

봄이 머지않은 어느 날 새어머니로부터 전화가 왔다.

다급한 목소리로 아버지가 좀 이상해 보인다고 했다. 만사를 제쳐두고 가서 아버지를 입원시켜드렸다. 며칠 전 금전문제로 두 분이 다투셨는데, 화를 참지 못한 아버지는 맨입에 소주 한 병을 털어 넣으셨다는 것이다.

의사의 소견은 암세포가 뇌로 전이가 되었다고 했다. 얼른 회복될 것 같지 않은 예감이 들었다. 의식이 있을 때 믿음의 확신을 갖게 해드리려고 나는 아버지 곁에서 계속 말씀을 전했다. 알아들었으니 어지간히 하라신다.

1주일 후 힘없는 손을 들어 내 얼굴을 이리저리 수없이 어루만지시고 혼수상태가 되셨다. 가족들을 불러 놓고 아버지를 위해 기도했다. 하나님을 알지 못하고 믿지 못해 지은 죄를 다 용서하시고 천군천사를 보내어 내 아버지의 영혼을 하나님께로 인도해 달라고. 기도가 끝나자 눈물을 흘리시며 큰 호흡을 세 번 하시고 68세의 일기로 편안히 눈을 감으셨다. 주일 새벽이었다.

3월 초에 내린 유례 없는 폭설로 온 세상이 설국으로 변해있었다.

나는 울지 않았다. 아버지가 천국으로 입성하신 걸 확신했다. 아이들과 함께 집에 돌아와 잠시 눈을 붙이기로 했다. 며칠째 병원에서 밤을 샌 탓에 깜빡 잠이 들었다가 인기척에 깼다. 문을 열고 나오니 남편이 현관에서 신발을 신고 있다.

"어디 가세요?"

"병원에요."

"오늘 주일인데 교회 안 가고 어디 가세요?"

장로가 주일성수를 안 하고 장례 치르러 간다고 야단을 쳤다. 내 아버지는 이미 돌아가셨으니 그대로 두고, 하나님께 예배드려야 한다고 했다. 아무리 내 아버지라도 죽은 자 때문에 살아 계신 하나님 앞에 드리는 예배에 빠질 수 없었다. 성도도 많지 않은데 우리까지 빠지면 예배에 지장이 많기 때문이었다. 현관에서 난감해하던 남편이 결국 교회 갈 준비를 하였다.

아침 8시 반쯤 담임목사님에게서 전화가 왔다. 남편이 그새 전화로 부고를 알린 모양이다.

"어떻게 할 건가?"

"주일날 예배 드려야지 뭘 어떻게 해요?"

나는 선교사로 아들과 함께 성가대를 맡고 있었다. 딸은 반주를 하고 남편은 장로로 안내와 재정부장을 맡고 있었다. 식구들과 함께 교회로 갔다. 예배시간 내내 내 눈에서는 눈물이 멈추지 않았다. 담임목사님께서 빨리 가라고 재촉하셔서 오전 예배를 드린 후 병원 장례식장으로 갔다. 믿지 않은 집안 어른들이 장례절차에 대해 의논을 하고 있었다.

"저희 아버지는 예수 믿고 천국에 가셨으니, 기독교식 교회장으로 합니다."

상주인 내가 결정하니 어쩔 수 없이 기독교식으로 장례를 치렀다.

성남 영생사업소에서 나는 한 시간이 넘도록 아무 움직임 없이 버티고 서서, 왕을 보좌하는 호위병이 되었다. 아버지의 이생 마지막을 가장 가까이에서 눈물로 배웅해 드렸다. 살을 에는 추위에 아버지의 유골함을 받아 안으니, 아버지의 체온을 느끼는 듯하였다.

> 그들이 요단 강 건너편 아닷 타작마당에 이르러 거기서 크게 울고 애통하며 요셉이 아버지를 위하여 칠 일 동안 애곡하였더니 그 땅 거민 가나안 백성들이 아닷 마당의 애통을 보고 이르되 이는 애굽 사람의 큰 애통이라 하였으므로 그 땅 이름을 아벨미스라임이라 하였으니 곧 요단강 건너편이더라(창세기 50:10~11)

제사를 없애다

1년 후 아버지의 첫 기일이 돌아왔다. 아침부터 친정에선 전화가 빗발쳤다. 허나 나는 일부러 시간을 끌고 있었다. 물론 낮에 행사도 있었다. 이런저런 핑계를 대며 오후 늦은 시각에 가족들과 함께 시화 친정집에 도착했다. 현관에 들어서니 아버지의 첫 제사에 참석하기 위해 오신 일가친척들이 다 모여 있었다. 병풍을 세워둔 거실 중앙엔 상다리가 휘어질 만큼 제사음식이 정성스럽게 가득 차려져 있었다.

나는 들어서자마자 작심하고 제사상 앞에 앉아 모인 친척들을 향해 입을 뗐다.

"모두 우리 아버지를 위해 이렇게 와 주셔서 감사합니다. 아버지를 위해서 우리 먼저 하나님께 예배드립시다."

거실 가득 양쪽으로 모여 앉았던 사람들이 하나둘 일어나서 방으로 들어가고 밖으로 나가는 것이다. 모두 아버지를 위해서 함께 예배 먼저 드리고 제사하라고 다시 사람들을 불렀다.

우리 식구 네 명만 찬송가를 불렀다. 물론 다른 사람들은 아무도 예수 믿는 사람이 없기 때문에 우리 식구끼리만 하는 예배이기도 했다. 장로인 남편에게 기도를 부탁했다. 기도가 끝난 후 나는 부자와 나사로의 이야기로 설교를 했다.(누가복음 16:19~31)

이 땅에서 아무리 부를 누리고 부족함이 없이 살았어도 예수를 믿지 않고 지옥에 간 부자와, 나사로는 비록 거지였지만 예수를 믿고 아브라함의 품에 안겨서 천국의 삶을 누리는 걸 보여 주는 내용이다.

부자는 이 땅에서 날마다 연락하면서 거지 나사로를 돌아보지 않았다. 자기 배만 채우고 즐기며 하나님 없는 삶을 살았다. 그가 죽은 후에는 구더기도 죽지 않고, 혀에 적실 물 한 방울의 은총도 허락하지 않는 뜨거운 불구덩이에서 고통스러워한다. 누구나 한 번은 죽어야 하는데 죽은 것으로 끝나는 것이 아니라 사후 세계가 있다는 것이다.

하늘나라 생명록에 기록되지 못해 이름도 없는 부자가 자기 아버지 집에 형제 다섯이 있으니 사람을 보내어 자기가 있는 곳에 오지 않게 해달라고 애원하는 모습을 말씀을 통해서 증거했다. 죽은 사람은 절대 우리 곁에 올 수 없다는 것을 강조했다. 또한 내 아버지는 예수를 믿고 천국에 가셨다는 것을 말씀을 드렸다. 당연히 제사가 필요 없고, 오늘 이후로 우리 집에 다시는 제사가 없다고 선포했다.

1년에 15번씩 드렸던 제사를 그날 이후 다 폐했다.

예배가 끝나자 모였던 사람들이 아무 말 없이 하나둘 밖으로 나가기 시작했다. 그중의 한 분이 허탈한 목소리로 입을 열었다.
"어이! 우리 술이나 한 잔씩 하고 돌아가세."

하나님께서는 연약하고 부족한 여종을 통하여, 종3품 벼슬을 지낸 대단한 양반 가문이라고 자랑하던 우리 집안의 모든 제사와 우상숭배의 고리를 완전히 끊게 하셨다. 가난과 저주와 질병의 고리도 예수 그리스도의 이름으로 다 끊었다.

> 그러므로 이제는 여호와를 경외하며 성실과 진정으로 그를 섬길 것이라 너희의 열조가 강 저편과 애굽에서 섬기던 신들을 제하여 버리고 여호와만 섬기라 만일 여호와를 섬기는 것이 너희에게 좋지 않게 보이거든 너희 열조가 강 저편에서 섬기던 신이든지 혹 너희의 거하는 땅 아모리 사람의 신이든지 너희 섬길 자를 오늘날 택하라 오직 나와 내 집은 여호와를 섬기겠노라
>
> (여호수아 24:14-15)

고성댁

"목사님! 아까 그 분 누구예요? 아멘 크게 하신 분"

"응. 내 사촌 언니"

예배가 끝나고 점심식사를 하는데, 교회 청년이 내게 물었다. 설교시간 내내 한 말씀도 놓치지 않으려는 '아멘' 소리가 유별났기 때문이다.

경남 고성에서 고종사촌 언니가 왔다. 인천에 볼일이 있어 올라온 차에 우리 교회에서 예배를 드리고 가겠다고 찾아온 것이다.

10여 년 전 교회를 개척한 후 큰고모 딸인 정인언니를 전도하기 위해 성남고속터미널에서 진주행 고속버스를 탔다. 경부고속도로를 4시간 정도 달려 진주에 도착했다. 처음 가본 진주에서 방향감각이 없어 두리번거리다가 택시를 잡았다.

"아저씨, 고성으로 가주세요."

"어데서 오셨는교?"

이른 아침부터 서둘러 먼 길을 달려온 내게, 택시기사는 특유의 경상도 사투리로 이런저런 걸 물어 왔다.

"사촌언니 전도하러갑니다. 아저씨는 예수 믿으세요?"

"어려서 교회 사탕 얻어먹으러 몇 번 갔는데, 목구멍이 포도청이라 먹고 살려니 시간이 없어요."

나는 1시간동안 택시요금이 아깝지 않을 만큼 소신껏 전도를 했다.

정인언니의 어머니인 친정 큰고모님은 폐암 말기에 막내아들을 낳다가 돌아가셨다. 얼마 후 고모부마저 세상을 떠나셨다. 고모님이 돌아가신 후 언니 네와 우리 집은 연락이 끊겼다. 그동안 우리 집에도 우여곡절이 많았기 때문에 외삼촌인 내 친정아버지께서도 조카들까지 살필 겨를이 없었다. 우리가 성남으로 이사 온 후 어느 정도 안정을 찾은 후에 조카들을 찾은 것이다.

언니는 네 명의 동생을 둔 가장 노릇을 하였다. 결혼 후에도 장사를 하며 힘들게 산다고 하였다. 언니는 어려서부터 고생을 많이 한 탓에 몸도 마음도 항상 고달파했다. 늘 편두통에 시달린다고 했다. 그런 언니가 안타까워서 전도를 하고 싶은 마음이 간절했다. 하나 거리가 멀어서 발길을 옮기기가 여간 쉽지 않았다.

언니는 뜻밖에 먼 길 달려온 나를 무척 반겨 주었다. 개인택시 사업을 하던 형부도 내가 왔다는 소리에 한걸음에 달려 왔다.

언니네 집에는 구석구석 부적이 붙어있었다. 나는 요즘이 어떤 시대인데 21세기에 이런 걸 붙여놓았느냐고 다 떼어 버렸다. 지역 적인 특성 때문인지 직업 때문인지 유독 형부는 우상숭배를 많이 했다. 무슨 날만 되면 절을 찾아다닌다고 했다.

수년 동안 벼르고 별러서 전도하러 간 길이었기 때문에, 저녁을 먹자마자 언니를 방으로 불러들여 전도하기 시작했다. 나는 왜 언 니네와 우리 집안이 몰락했는지, 왜 이런 일들이 일어났는지 설명 했다. 그게 우연히 일어난 사건이 아니라, 할머니로부터 시작된 우 상숭배의 결과라는 것을 분명하게 알려 주었다.

'우리는 하나님의 형상과 모양대로 만들어진 하나님의 피조물이 다. 하나님의 영광을 위해 하나님께 예배하기 위해 만들어진 존재 다. 참 신은 오직 하나님 한 분이시다. 하나님을 모르는 인간들이 신이라고 숭배하는 것들은 다 헛것이며, 아무것도 아닌 우상이다. 사탄 마귀는 사람들을 미혹하여 하나님께 예배해야 할 인간의 눈 을 어둡게 하여 하나님을 찾지 못하도록 미혹하는 존재들이다. 마 귀 역시 하나님께서 부리는 종에 불과하다. 하나님의 허락 없이는 참새 한 마리도 땅에 떨어지지 않는다고 하셨다.' (마10:29)

그동안 우리가 얼마나 마귀에게 속아서 고통당하며 살았는지 명 확하게 일러주고, 예수 외에는 구원 받을 길이 없음을 알려 주었다. 밤새 복음을 전하는 동안 토끼꼬리만 한 밤이 밝았다.

다음 날이 수요일이었다.

교회가자는 내 제안에 주저하는 언니와 형부의 손을 붙잡고 교회로 갔다. 마침 집 근처에 교회가 있었다. 수요예배를 드리고 담임목사님과 인사를 했다. 언니와 형부의 신앙생활을 잘 이끌어 달라고 간곡히 부탁을 하고 돌아왔다.

나도 기도하면서 자주 전화를 걸어 신앙생활을 독려했다. 교회를 잘 나가고 있었다. 처음부터 십일조 생활도 가르쳤다. 집안의 제사도 추도예배로 전환시켰다. 순진한 어린아이처럼 잘 따라와 주었다.

몇 달 후 언니로부터 전화가 왔다.

연세가 많으신 형부는 몸이 불편하거나 좀 언짢은 일만 생겨도 교회에 나가기 때문에 일이 꼬인다고 믿었다. 어느 날 다시 절에 나간다고 하였다. 언니도 편두통 때문에 많이 괴로워했다. 교회와 절을 번갈아 나가기를 수없이 반복했다. 나의 인내심에도 한계가 왔다. 얼마동안 무심한 듯 일부러 전화를 하지 않았다. 저들을 불쌍히 여겨달라고 기도만 했다.

2년 전 전화가 왔다.

"목사님! 우리 다시 교회 나가요. 이제는 예수님만 섬기기로 했어요. 형부도 새벽기도에 절대 안 빠지고, 열심히 믿음생활을 하고 있어요."

"잘하셨어요. 건강은 좀 어떠세요?"

"예수님이 다 고쳐주셨어요. 할렐루야!"

언니의 목소리는 천국의 삶을 대변해 주었다.

주님께서는 수많은 갈등과 시험 속에서도 결국 저들을 바른 길로 인도해 주셨다. 지금은 어느 누구보다 믿음의 소통이 잘 이뤄졌다. 뿐만 아니라 말씀대로 살려고 몸부림치며 사람들에게 복음을 전하는 자가 되었다. 주님은 나를 통하여 뿌린 복음의 씨앗이 싹이 나고 잘 자라서 아름다운 열매를 맺게 하셨다.

스스로 속이지 말라 하나님은 업신여김을 받지 아니하시나니 사람이 무엇으로 심든지 그대로 거두리라 자기의 육체를 위하여 심는 자는 육체로부터 썩어질 것을 거두고 성령을 위하여 심는 자는 성령으로부터 영생을 거두리라 우리가 선을 행하되 낙심하지 말지니 포기하지 아니하면 때가 이르매 거두리라

(갈라디아서 6: 7~9)

진작 믿을 걸

"목사님! 오늘은 주일이지만 코로나 때문에 교회에 갈 수 없었네요. 대신 새벽에 일어나 목욕하고, 두 시간 동안 성경 읽고 기도하면서, 월삭예배를 혼자서 드렸어요."

"할렐루야! 잘하셨어요. 하나님께서 얼마나 기뻐하시고 예뻐하실까요?"

엊그제 주일 오후, 팔순에 예수님을 영접하신 친정 큰고모님께서 전화를 하셨다. 선친의 바로 손위 누님이시다. 작은 고모님과 같이 오랫동안 '창가학회(남묘호렌게쿄)'를 믿었다. 아버지 병문안을 오셨을 때 울면서 전도하는 내게 당신네 종교에도 구원이 있다면서 나를 달래셨던 분이다. 작은 고모님과 같은 시기에 예수를 믿어 10년 동안 성도순복음교회에서 신앙생활을 하고 계신다.

90세가 다 된 고모님은 늘 당신 연세가 많다며 늦게 예수 믿은 걸 한탄하신다. 하여 어린아이처럼 담임목사님과 내가 시키는 대로 잘 따라서 신앙생활을 하고 계신다.

"목사님! 그때 목사님이 예수 믿으라고 전도할 때 진작 믿을걸. 그랬더라면 내 인생이 달라졌을 텐데, 생각할수록 후회가 막심해요."

"아니에요. 지금도 안 늦었어요. 성경 열심히 읽으시고 기도 많이 하세요."

목사는 주변에서 기도해 주시는 동역자가 많이 필요하다. 허나 내게는 그런 분이 많지 않아서 늘 아쉬웠다. 그걸 아시는 두 분 고모님께서는 나를 위해 기도를 많이 해 주시는 든든한 동역자이기도 하다. 특히 큰고모님은 예수를 믿게 된 때부터 매일 아침 당신이 출석하시는 교회 담임목사님 다음으로 나와 우리 가족을 위해 기도를 하신다고 한다.

80세가 넘어 예수 믿은 노인이 매일 성경을 읽고 이해하며 말씀 붙들고 기도를 한다는 것은 그리 쉬운 일이 아니다. 수십 년 교회를 다녀도 성경을 덮어놓고 믿는 사람들이 있다는데, 내 고모님은 늦게 믿은 게 후회가 돼선지 열심히 신앙생활을 하신다. 목사인 내가 봐도 은혜가 되고 감동을 준다.

내가 어렸을 때 고모는 명절 때마다 서울에서 예쁜 옷을 사서 보내는 등 조카인 나와 동생을 많이 챙기셨다. 덕분에 나는 시골에 살면서도 눈에 띄는 예쁘고 고급스러운 옷들을 항상 입고 살았다. 서울에 이사 와서는 마음이 울적하거나 속상한 일이 있으면 고모를 찾아가곤 하였다. 내가 결혼한 후에는 친정어머니의 빈자리를 염려하시고 매일 전화를 하셨다. 밥은 잘 해 먹었는지, 반찬은 어떻게 하는지, 빨래는 어떻게 하는지 하나하나 챙기셨다. 지금까지도 일주일이 멀다 하고 먼저 전화하셔서 나의 안부를 챙기신다.

처음 고모를 전도하고 나서 몇 년 동안은 매월 10만 원씩 통장으로 보내드렸다. 그때는 나도 생활이 넉넉지 않았다. 처음 교회에 나가시는 고모가 행여나 헌금에 대한 부담을 가지실까 봐 눈곱만큼 적은 돈이지만 챙겨드린 것이었다. 그 마음을 아시고 어느 날 전화해서 "이제는 내가 알아서 헌금생활 할 테니 돈 보내지 말라"라고 하셨다. 고모는 용돈을 받으시면 제일 먼저 십일조를 떼시고, 감사헌금, 건축헌금까지 아낌없이 드린다고 하신다.

지난해에는 하나뿐인 고모의 외손자가 '세계요리경연대회'에서 대상을 탔다. 고등학생 신분으로 전 세계의 내로라하는 요리사들을 제치고 대상을 탄 것은 분명 외할머니의 기도 덕분이라고 믿는다. 하나님께서 당신의 기도에 응답을 잘 해주신다고 늘 자랑하신다. 교회에서 간증도 하셨다고 한다. 고모는 우리 집안의 소식통이시다. 고향 소식이나 일가친척들의 온갖 대소사는 거의 고모를 통해 듣기 때문이다. 어찌 보면 나의 오지랖이 고모를 닮은 것인지도 모른다.

보라 나중 된 자로서 먼저 될 자도 있고 먼저 된 자로서 나중 될 자도 있느니라 하시더라 (누가복음 13:30)

동창회

초등학교 동창 모임이 있다는 연락이 왔다.

학교를 졸업한지 오래되었지만 고향을 떠나 온 지도 수십 년이 지났다. 그동안 고향을 등지고 살았기 때문에 친구들과 연락이 닿지 않았다. 솔직히 몇몇 친구들은 이름조차도 생경했다. 충무분교였던 우리 학교엔 학생 수가 그리 많지 않았다. 총 38명이 졸업하는 그해(1974년) 이른 봄, 나는 졸업생 대표로 답사를 읽으며 엉엉울었다.

강산이 네 번이나 변할 만큼 지나버린 세월 동안 보지 못했던 동창들이다. 설렘을 안고 한남동에 위치한 만남의 장소로 갔다. 못 알아볼까 봐 은근 걱정을 했는데, 덩치만 조금씩 크고, 반가운 얼굴들은 주름살만 조금 는 채 그대로였다. 소문을 전해 들은 친구들은 내가 목사가 된 것을 알고 있었다. 이구동성으로 "네가 어떻게 목사가 되었느냐"라고 묻는다. 지독하게 우상숭배를 했던 가정에서 자랐던 나의 성장배경을 아는 까닭이다. 우리 집 사정을 잘 아는 터라 도저히 믿기지 않는다는 것이다. 오랜만에 친구들을 만나니 지난 세월이 주마등처럼 떠오른다.

친구들은 내가 책임감이 강하고 아이들을 잘 챙겨 주었다고 기억했다. 사실 어릴 때부터 오지랖이 넓었다. 초등학교 2학년이 된 4월이었다. 이웃동네에 사는 거인처럼 키가 큰 옆 반 아이가 있었다. 난 학교에 가고 있는데, 그 아이는 자기 아버지를 도와서 밭에서 일을 하고 있는 것이다. 그 걸 보고 큰 소리로 그 아이를 부르며 외쳤다.

"이 바보야! 지금 네 아버지가 힘들다고 네가 학교에 안가고 일을 도와드리면, 나중에 너도 네 아버지처럼 가난하게 살 거야!"

끝내 그 아이를 데리고 학교를 간 기억이 있다.

나는 고무줄놀이나 줄넘기 공기놀이 등을 거의 못하고 자랐다. 몸이 약한 탓도 있지만, 동네 아이들과 어울리면 욕을 배운다고 어릴 때부터 집에서만 놀게 했다. 초등학교를 졸업할 때까지 우리 반 아이들의 집을 거의 모르고 자랐다. 그런데 일 년에 닷새 정도는 바깥에서 동네 아이들의 노는 모습을 볼 수 있었다. 가을이면 대한통운 빨간 트럭이 여기저기 들판에서 탈곡한 벼를 수매하기 위해 마을로 실어가지고 왔다. 큰길 옆 공터에 쌓아놓은 볏가마니를 지키는 것이 동생과 나의 임무였다. 볏가마니가 성처럼 쌓이는 동안, 주변에서 노는 아이들의 모습이 신기하게 보였다. 학교에서도 체육시간이면 선생님께서 맡겨 놓은 출석부를 들고 그늘에 앉아서 지켜보기만 했었다.

초등학교 1학년 때부터 3학년 때까지, 선생님은 나를 교탁 위에 앉혀놓고 국어책을 읽어주게 하고, 구구단을 외우게 하였다. 최연소 교사인 셈이다. 선생님들의 각별한 관심 덕분인지, 전 학년 동안 상을 모조리 받아서 친구들에게 조금은 미안한 적도 있었다. 3학년 때부터 학교 대표로 뽑혀서 노래자랑에 나갔다. 이후로 글짓기대회, 웅변대회, 고전읽기 대회, 독후감대회 등 학교 수업보다 밖으로 나가는 일이 많았던 것 같다.

초등학교 1학년은 10리를 걸어서 다녔다. 2학기가 중간쯤 지난 어느 날 담임 선생님께서 나를 부르셨다. 수업 끝나고 집에 가서 가방은 놓고 혼자 오라고 하셨다. 나는 선생님께서 시킨 대로 집에 와서 책가방을 놓고 다시 학교로 갔다. 어두운 교실문은 잠겨 있고 아무도 없었다. 너무 무서워서 울고 있었다. 그때 복도 끝에서 나를 부르는 선생님의 목소리가 들렸다. 왜 이제 왔느냐고 물으셨다. 집이 4㎞나 떨어진 곳이라는 걸 아신 선생님은 나를 안고 어쩔 줄 몰라 하셨다. 미혼인 여선생님이셨다. 유난히 나를 예뻐하셔서, 급식 주고 남은 빵을 좀 챙겨주려고 가방을 놓고 오라고 하셨던 것이다. 가족들에게는 선생님께서 꼭 혼자 오라고 했다면서 못 따라오게 하고 바로 학교로 간 것인데, 7살 꼬마의 걸음에 해가 넘어간 것이다. 지금도 오지랖 넓고 융통성이 없기는 마찬가지다.

한 친구가 내게 자기가 누군 줄 아느냐고 물었다. 얼굴이 좀 생소했다. 머뭇거린 내게 자기소개를 했다. 그 친구의 말에 적잖이 놀랐다. 하도 말썽꾸러기여서 수업시간마다 선생님께 야단을 맞은 친구였다. 떠드는 아이들을 칠판에 적으라는 선생님의 말씀에, 내가 그 친구 이름을 시간마다 적어서 선생님께 야단을 많이 맞았다고 했다. 4학년 때 전학을 가고 그 후로는 만나질 못했었다. 나는 담임 선생님이 시킨 대로 했을 뿐인데, 그 친구에게 상처가 컸던 모양이다. 미안했다고 사과를 했다. 사랑은 허다한 허물을 덮는다는데, 같은 반 친구의 허물을 덮어 주지 못한 것이 내심 미안했다.

전국 각지에 흩어져 살던 친구들이 한자리에 모이고 보니, 친구네 가게 안이 시끌벅적했다. 선생님이 된 친구, 의사가 된 친구, 보험회사 중진이 된 친구 등. 꼭 오래전에 헤어졌던 형제자매를 만난 기분이다. 누구의 아내도 남편도 누구의 엄마 아빠도 아닌 서자, 화자, 숙자, 복순, 명숙, 영원한 막둥이 상하…. "미선아!" 친구들이 불러주는 내 이름이 어색하고도 친근했다. 영락없는 그때 그 초등학생들이다. 헤어지기가 아쉬워 밤새 이야기꽃을 피웠다. 어려서 같이 놀지 못했던 아쉬움에 나도 함께 밤을 새웠다. 헤어질 땐 내본분 잊지 않고, 무게를 실어 당부했다.

"얘들아! 예수 믿어라."

내가 모태에서부터 주의 붙드신바 되었으며 내 어미 배에서 주의 취하여 내신바 되었사오니 나는 항상 주를 찬송하리이다

(시편 71:6)

고난의 언덕 너머

당신은 나의 운명

24살에 6개월간 다니던 무역회사에서 남편을 만나 결혼했다. 서울 면목동 회사 근처에 신접살림을 냈다. 신혼 초에는 교회 다니는 것을 잊어버릴 만큼 행복했다. 재혼한 아버지를 떠나고, 어린 동생들 걱정도 잊을 수 있었기 때문이다. 네 살 위인 남편은 내게 어머니이자, 아버지였고, 안식처가 되어 주었다.

퇴근하면서 양쪽 손에 가득 시장을 봐 온다. 재킷을 벗어 놓고, 와이셔츠 소매를 걷어붙이고 요리를 한다. 입이 짧은 내게 새로운 음식을 해서 맛있게 먹이려고 땀을 흘리며 준비한 것이다. 고추전을 만들고 깻잎을 튀기고, 김말이·떡볶이·잡채·호박식혜…. 못하는 요리가 없다. 둘이 먹기에 많아 이웃집에 갖다 주면서, 신랑이 만들었다고 하면 아주머니들이 놀라서 한 마디씩 한다. "새댁은 무슨 복이 그리 많아 저런 신랑을 얻었느냐"라고.

동네사람들이 "저렇게 약해서 애기나 낳겠느냐"라고 수군거릴 정도로 나약한 나를, 시부모님은 귀하게 여기시고 예뻐해 주셨다.

더구나 시댁에는 내게는 없는 남자 형제가 셋이나 있었다. 부부싸움을 하면 보통은 친정엘 가지만 나는 시댁으로 달려갔다. 며칠 지켜보시던 시아버님께서 "다투었느냐"라고 넌지시 물어보신다. 신랑에게 못마땅했던 걸 미주알고주알 일러바치고 나면, 시부모님은 항상 내 편들어 주셨다. 물론 항상 내가 다 옳은 것만은 아니었다.

남편은 잘 다니던 직장을 그만두고 친구와 창업하였다. 하필 88 올림픽을 앞두고 원화절상이 되어 무역을 하던 회사가 직격탄을 맞았다. 혼자서 얼마나 속을 태웠는지, 어느 날부터 얼굴색이 어둡고 입술이 검게 되더니, 1살 된 둘째 아이를 못 안고 털썩 주저앉아 버렸다. 수중에 돈이 한 푼도 없어서 약을 먹이거나 병원에 데려갈 엄두도 못 냈다. 어렵게 농사를 짓고 사시는 시부모님께 남편이 아프다는 말씀을 차마 드릴 수가 없었다. 더구나 친정아버지에게는 자존심이 상해서 더 말씀을 드리지 못했다. 우리 결혼을 많이 반대하셨기 때문이다.

서울 살이를 끝내고 우리는 조금 떨어진 시골로 내려왔다. 수도가 없어 펌프질을 해서 물을 써야했다. 아침에 일어나면 집주인 아저씨가 내 키만 한 고무 통에다 물을 가득 길어 놓으셨다. 어느 날 주인아주머니가 보시고 "요새 우리 신랑이 평생 안 하던 짓을 한다."라고 한 말씀 하셨다. 일주일에 한 번씩 퇴촌 천진암 약수도 한

말짜리 물통에 받아다가 부엌 앞에다 두고 가셨다. 화장실도 재래식이어서 무서웠다. 서울로 돌아가려고 매일 짐을 다시 싸곤 했다.

1989년 4월 27일, 이사 온 지 한 달도 안 되어 신도시 발표가 났다. 지금의 분당이다. 딸아이가 어느새 네 살이 되었다. 저축해 둔 돈도 없는데 아이들은 커가니 걱정이 되었다. 마침 길가에 '○○선교원' 간판이 눈에 띄었다. 망설임 없이 찾아갔다. 어버이날 초청 잔치를 교회에서 했다. 그 계기로 교회를 나가기 시작했다. 처음에는 아이들을 남편에게 맡기고 혼자 교회에 갔다. 두 주일 후 남편이 일찍 일어나 세수를 하기에, 어디 가느냐고 물었다.

"내가 애 보는 사람이에요? 나도 교회 갈 거예요."

일 년 후 남편과 함께 세례를 받았다. 그동안 남편은 깨끗이 고침을 받았다. 지금까지 환갑이 넘은 나이에도 체력은 20대 못지않다. 결혼 후 30년이 훌쩍 지난 지금, 남편의 요리솜씨는 일취월장하여 교회 여집사님, 권사님들에게 요리 강습을 할 정도다.

요즘은 교회 옆 텃밭에 온갖 채소를 심어 무공해 식단을 차리고 매일아침 형형색색의 꽃잎으로 나의 아침식사를 차려놓는다.

하나님께 가까이 함이 내게 복이라 내가 주 여호와를 나의 피난처로 삼아 주의 모든 행사를 전파하리다(시편 73:28)

엄마가 되기까지

나는 23세 때 이른 아침 비탈길 언덕 빙판에서 사고를 당했다. 하이힐을 신고 눈이 살짝 덮여있는 얼음을 밟고 미끄러져 몸이 붕 떴다가 떨어진 것이다. 엉덩이 꼬리뼈를 정통으로 다쳐 전신 마비가 왔다. 움직일 수가 없어서 얼음 위에 한참을 그대로 누워 있었다. 이러다 죽겠다 싶어 손을 움직여서 몸을 옆으로 돌리고 30m쯤 되는 거리를 팔로 기어서 집으로 갔다. 동네에서 용하다고 소문난, 연세 지긋하신 한의사에게 침을 맞고 한나절이 지나서야 다리에 감각이 오고 몸이 풀어졌다. 하지만 온몸이 부서질 것같이 아프고 심한 가슴 통증으로 숨을 쉴 수가 없었다. 할머니께서 아버지에게 연락을 하여 성남에 있는 병원으로 이송됐다.

정형외과에서 X레이를 찍어보니 등뼈가 온통 하얗게 보였다. 담당 의사는 최소한 6개월은 입원 치료를 받아야 한다고 했다. 한데 나는 한 달 만에 퇴원을 했다. 링거를 맞고 물리치료를 받는 것 외에는 별다른 처치가 없었다. 보험을 들어 놓지도 않아서 병원비가 만만치 않았다. 사실 누가 뭐라 한 것도 아닌데, 새어머니 눈치가 보여서 조기 퇴원을 한 것이다. 통증은 쉽게 가시지 않았다. 옆으로 누워도 아프고 똑바로 누워도 엎드려도 아프다. 앉아 있어도 서 있어도 가슴이 미어지고 등이 벌어지는 것 같다. 내가 고집해서 퇴원을 했으니, 아프다는 소리도 못했다. 자주 누워야 했다. 집에 있어도 좌불안석이다. 통증은 날이 가면서 아래로 내려왔다. 좌골 신경통이 되었다. 키가 6㎝나 줄었다. 해가 바뀌어 가니 조금은 나아졌다.

다음해에 결혼해서 곧바로 임신을 했다. 빙판 사고의 후유증 때문인지, 허리와 골반이 빠질 듯이 아팠다. 걸음도 제대로 걸을 수가 없어서 집안에만 있어야 했다. 10개월 내내 입덧을 했다. 38kg의 체중에 입덧까지 심해 아무것도 먹지 못하니, 면역력이 바닥으로 떨어져 감기를 달고 살았다. 약을 먹을 수도 없으니 감기 증상은 점점 더 심해졌다. 기침이 한번 시작되면 그칠 줄 몰랐다. 병원에서는 아무 이상이 없다는데, 만삭이 될 때까지 기침 증세가 사라지지 않았다.

"죄송하지만, 저희 병원에서는 아이를 출산할 수 없습니다."
산기가 있어 정기검진을 받아왔던 병원에 도착했을 때, 병원 의료진은 이렇게 말했다. 산모가 몸이 너무 허약해서 자연분만이 어렵고, 심전도가 약하고 혈압이 잘 잡히지 않아 수술도 할 수 없으니 종합병원으로 가라는 거였다. 다행히 집주인 아주머니의 소개로 실력 좋은 산파를 만나 병원에서 무사히 딸을 낳았다. 녹색 가운을 입은 네 사람이 다가와서 배를 누른 것밖에는 기억나질 않는다. 임신 초기에 모르고 감기약을 먹은 것이 은근히 걱정이었는데, 깨어나서 보니 아이는 건강했다.

친정엔 친어머니도 안 계시고 내가 맏이이다 보니, 남편이 산후조리를 했다. 나는 미역 비린내를 싫어해서 미역국을 못먹었다. 남편은 비린내를 잡기 위해 미역을 참기름으로 볶고 사골곰국을 내서 미역국을 끓였다. 아기에게 젖을 먹이려면 산모가 미역국을 많이 먹어야 한다면서 남편은 작은 냄비로 하나씩 미역국을 가져왔다. 보기만 해도 질려서 먹기 싫다고 징징거리는 나를 남편은 달래기도 하고 혼내 가면서 밥을 먹였다. 출산 후 한 달 동안은 몸도 제대로 가누질 못했다. 손이 떨려서 밥숟가락도 들지 못할 정도였다.

예방접종을 하러 병원에 가서 아이를 안고 앉아 순서를 기다리는데, 병원심방을 다녀가는 집사님 권사님으로 보이는 한 무리의 사람들이 한마디씩 한다.
"어머머! 어떡해. 중학생이 사고쳤나 봐."

무명한 자 같으나 유명한 자요 죽은 자 같으나 보라 우리가 살아 있고 징계를 받는 자 같으나 죽임을 당하지 아니하고 근심하는 자 같으나 항상 기뻐하고 가난한 자 같으나 많은 사람을 부요하게 하고 아무 것도 없는 자 같으나 모든 것을 가진 자로다

(고린도후서 6:9~10)

상상더하기

딸아이는 이목구비가 뚜렷한 게 아빠를 쏙 빼닮았다. 아기가 잠들어 있는 시간을 제외하고는, 아이 얼굴에 마냥 카메라를 들이대고 살았다. 배냇짓을 하느라 입을 삐죽거리고 울거나 웃는 아가의 표정 하나하나가 신비하고 놀라웠다. 육아의 재미에 빠져 도끼자루 썩는 줄 몰랐다. 시골에서 농사를 지으시는 시어머니께서 모내기를 마치고 올라오셨다. 아이를 보시더니 기도를 하신다.

"하나님 아버지, 우리 집에 귀한 선물을 주셔서 감사합니다."

2년 가까이 교회를 안 나갔는데, 시어머니의 기도에 그만 감동이 쓰나미로 몰려왔다.

아이는 돌이 되기 전에 걷고 말을 했다. 웬만한 문장은 다 따라 했다. 내 손을 잡고 걸어서 이웃집에 돌떡을 돌렸다. 일주일 내내 돌잔치를 했다.

동생을 보았을 때, 두 돌이 막 지난 아이가 출산 축하를 하러 찾아온 시동생에게 "여기야, 여기야" 하며 내가 입원해 있는 종합병원 입원실로 안내했다. 18개월부터 숫자를 읽고, 텔레비전 광고를 보고 한글을 익혔다. 병실 내 에어컨 부스에 부착된 경고문을 읽는다.

"손으로 만지지 말고 앉지 마시오."

동네에서는 천재라고 소문이 났다. 보험회사에 다니는 분의 소개로 서울 대치동에 소재한 '영재교육원'엘 다녔다. 일주일에 한 번씩 가는데, 교육비가 만만치 않았다. 그래도 아이의 장래를 위해서 포기할 수 없었다. 내 어머니께서 그랬듯이.

서울을 떠나 지방으로 내려 온 후에도 한동안 다녔으나, 남편의 거듭된 사업 실패로 포기해야 했다.

딸이 다섯 살 때의 일이다. 선교원에 등원시키려고 큰길을 건너려는데, 갑자기 좌회전해서 들어온 1톤 트럭이 아이를 치고 말았다. 남편에게 연락할 겨를도 없었다. 내 손에서 튕겨져 땅에 떨어진 딸아이를 병원으로 데리고 가는데, 얼굴을 부딪친 아이가 놀라서 토하고 발버둥을 치면서 운다. 아이가 잘못된 건 아닐까 너무 두렵고 떨렸다. 우는 아이를 안고 달래며 하나님께 기도했다.

"하나님! 이 아이를 아무 탈 없이 고쳐주시면 하나님께 드리겠습니다."

당시 나는 초신자였다. 워낙 위급한 상황이어서인지 나도 모르게 그런 기도가 나왔다. 성남 인하병원에 입원을 했다. 밤마다 소리를 지르며 울던 아이는 한 달이 지나 건강을 회복하고 퇴원했다.

세 살에 피아노 레슨을 시작한 딸아이는 6살에 세종문화회관에서 연주를 했다. 초등학교 3학년 때부턴 주일예배 반주를 했다. 그 당시 우리가 다니던 교회에서는 매일 밤 기도회가 있었다. 우리 네 식구도 기도회에 참여했다. 나는 찬양인도를 하고 딸은 피아노를 치고 아들은 드럼을 쳤다.

딸이 초등학교 5학년 때였다. 학교에서 잠실 롯데월드로 소풍을 간 날이다.

"엄마! 여기 수내역인데 나 좀 태우러 오시면 안 돼요?"

집이 정자동이니 차로는 5분 거리밖에 되지 않는다. 서둘러 차를 가지고 분당 수내역에 도착해서 보니 딸아이가 혼자 서있는 것이다.

"왜 너 혼자니?"

"다른 애들은 아직 안 왔어요. 오늘 H.O.T가 와서 공연한대요."

"그럼 너는 어떻게 왔어?"

"난 철야하러 가야 하잖아요? 지하철 타고 왔어요."

말하는 아이의 눈에 금세 눈물이 글썽인다. 사실 기도회 때 꼭 피아노를 치라고 강요하진 않았다. 반주기에 맞춰서 해도 되고 무반주로 해도 크게 문제가 되지 않는다.

"아니, 누가 너더러 철야하래?"

나는 딸이 기특하기도 하고 짠하기도 해서 잠시 할 말을 잃었다. 당시 딸에게 H.O.T는 완전 우상이었다. 용돈을 주면 H.O.T의 사진이나 브로마이드를 사서 자기 방에 도배를 했다. 학용품도 그들의 사진이 들어있는 것들만 사 가지고 다녔다. 그토록 꿈에 그리던 우상이 공연을 한대서 인솔교사들마저 그곳을 빠져나오지 않았는데, 철야기도회의 피아노 반주를 위해 떨치기 어려운 유혹을 뿌리치고 혼자서 집으로 오다니. 나는 딸아이의 마음이 헤아려져 가슴이 아렸다.

잠실 지하도는 상가도 복잡하고 지하철 2호선과 8호선이 지나간다. 8호선을 타려면 그 복잡한 지하도를 다 걸쳐서 끝까지 가서 타야 하고, 복정에서 한 번 갈아타야 한다. 어른인 내게도 결코 쉬운 코스가 아니었다. 더구나 딸은 지하철을 한번도 타 본 경험이 없었다. 내게는 어릴 때 남동생을 잃은 트라우마가 있어서, 내 아이들은 아기 때부터 항상 승용차로 태우고 다니면서 큰길도 혼자서 못 건너게 했다.

딸은 내 찬양사역의 동역자이기도 하다. 교계의 큰 행사를 치르다 보면, 깜빡 잊고 예배 반주자를 미리 섭외하지 못해 난감해 할 때가 더러 있다. 그때마다 엄마를 따라온 토끼머리를 묶은 딸아이가 달려가서 반주를 하곤 했다. 고 신현균 목사님께서는 기특하다며 사역 말년에 초등학생인 딸의 전화번호를 따서 친구하자며 종종 연락하셨다.

내가 연단 받을 때, 어찌 보면 네 식구가 연단과 훈련을 함께 받았다. 다행히 딸은 나처럼 까탈스럽지 않고 보통의 여자아이들처럼 멋을 부리지도 않았다. 백석대학을 졸업하고 한림예고 음악교사로 재직하였다. 어릴 때부터 반주자로 따라 다니면서 유명하신 부흥 강사님들의 설교를 많이 들었다. 말씀으로 훈련을 잘 받은 덕분에 가르치던 학생들이나 주변 친구들의 이런저런 고민을 신앙적으로 잘 상담해 주곤 한다. 절대음감 상대음감을 다 받은 아이는 최고의 반주자다. 지금은 작곡·작사가로 활동하며 교회에서 반주와 찬양을 맡고 있다. 2년 전엔 딸이 작곡한 일본의 인기 주말드라마 '코우노도리'의 OST가 일본 열도를 들썩거리게 했다. 지난 5월엔 MBC 주말 저녁에 방영되는 유재석의 '놀면 뭐하니'란 프로그램에 딸이 작사한 '상상더하기'가 몇 주째 인기를 누리고 있다.

그의 위에 여호와의 영 곧 지혜와 총명의 영이요 모략과 재능의 영이요 지식과 여호와를 경외하는 영이 강림하시리니

(이사야 11:2)

무지개 약속

중3 딸이 마지막 겨울방학을 맞았다.

나는 지인 목사님의 추천으로 딸 또래의 아이들 13명과 캐나다 밴쿠버로 언어연수를 떠났다. 아이들은 처음 경험하는 외국 여행에 모두가 들떠 있었다. 밴쿠버에 도착한 우리는 한국인 홍선교사님 댁에 묵었다. 선교사님의 주선으로 근처에 있는 오순절 계통의 현지인 교회에서 영어수업을 받기로 했다. 교사는 70세가 넘은 할머니 선생님이셨다. 젊어서 학교 교사로 재직하셨다는 이 선생님은 아이들에게 친절하면서도 깐깐하게 영어를 가르치셨다. 주일학교 담당이신 젊은 목사님께서도 많은 관심을 가져주셨다. 우리 일행을 위해 아이들이 좋아할 만한 이벤트와 파티도 자주 마련해주셨다. 아이들도 공부에 흥미를 갖고 적극적으로 수업에 임했다. 덕분에 한 달 동안 제법 영어 실력이 늘었다.

주일 예배를 드리기 위해 아이들과 함께 현지 교회에 갔다. 그동안 몇 차례의 예배를 드렸지만 듣기 실력이 약해 목사님의 설교를 이해하지 못했다. 설교 메시지가 귀에 들어오지 않으니, 시간만 때우고 오는 것 같아 속상했다. 그래서 하나님께 기도했다.

"하나님! 내 귀를 열어 주세요. 설교를 듣게 해주세요."

얼마 후 찬양이 끝나고 예배순서에 따라 설교를 맡으신 목사님이 강단에 오르셨다. 나는 또 귀를 열어 말씀을 듣게 해달라고 기도했다. 그 때 목사님께서 누가복음 14장에 나타난 잔치집의 비유를 본문으로 설교를 하셨다. '이르시되 어떤 사람이 큰 잔치를 베풀고 많은 사람을 청하였더니 잔치할 시각에 그 청하였던 자들에게 종을 보내어 이르되 오소서 모든 것이 준비되었나이다 하매 다 일치하게 사양하여 한 사람은 이르되 나는 밭을 샀으매 아무래도 나가 보아야 하겠으니 청컨대 나를 양해하도록 하라 하고 또 한 사람은 이르되 나는 소 다섯 겨리를 샀으매 시험하러 가니 청컨대 나를 양해하도록 하라 하고 또 한 사람은 이르되 나는 장가들었으니 그러므로 가지 못하겠노라 하는지라(누가복음14장 16~20)' 그러면서 설교 도중 그 목사님은 "저의 아들은 주일이 돌아오는데 예배에 참석하지 않고 퀘벡으로 여행을 갔다."라고 하셨다.

"아들이지만 내 맘대로 할 수 없어서 안타까운 마음입니다. 하지만 이곳에 예배하러 오신 여러분에겐 하나님께서 특별한 은혜를 주실 것입니다." 뜻밖에 설교내용이 다 들려 나는 너무 기뻤다.

"하나님 아버지! 감사합니다."

감격의 눈물이 흘렀다. 옆자리에 앉아있던 아이들이 내 딸에게 "네가 엄마 속 썩혔구나? 네 엄마 우신다."라고 쿡쿡 찌르고 야단이었다.

어느덧 약속된 연수 일정을 무사히 마치고 귀국날짜가 돌아왔다. 전날 밤 송별 파티를 하느라 늦게 잠자리에 든 데다 밤새 요란한 빗줄기가 창문을 흔들어대는 통에 선잠을 자야 했다. 아침에 집주인 아저씨 마크가 큰소리로 "Sunshine!" 하고 소리치는 바람에 잠에서 깼다. 서둘러 아이들을 깨워 떠날 준비를 하고 마당으로 나왔다. 하늘을 보니 공항 쪽에 무지개가 떴다. 아이들도 무지개를 보며 좋아라 소리를 질렀다. 차를 타고 공항으로 가는 동안 쌍무지개로 바뀌었다. 공항청사 하늘을 수놓고 있는 쌍무지개를 보며 출국 수속을 하러 우리는 청사 안으로 들어갔다.

비용을 절약하기 위해 우리는 직항이 아닌 일본을 경유하는 싱가폴 에어라인 왕복 티켓을 구입해 왔다. 오전 10시 출발 시간에 맞춰 탑승을 하고 아이들과 나는 자리에 앉자마자 어젯밤 잠을 설쳤던 터라 금방 곯아떨어졌다. 이륙을 알리는 기내방송에 잠깐 눈을 떠서 멀리 'Vancouver'라는 글씨가 아스라이 멀어지는 걸 확인하고 다시 눈을 감았다.

얼마나 지났을까, 단잠을 자고 있는데 기내방송이 흘러나왔다. 신경 쓰지 않으려고 고개를 돌리고 잠을 청하는데, 기내방송이 쉬지 않고 떠드는 것이다. 정신을 차리고 슬그머니 눈을 떴다. 창밖을 주시하던 내 눈에 여전히 'Vancouver'라는 글자가 들어왔다. 눈을 비비고 다시 봐도 역시 같은 글씨가 보인다. '분명히 이륙을 했는데, 어떻게 된 거지?' 잠시 후 비행기가 활주로에 착륙을 하고 1~2분도 채 지나지 않아 '펑' 소리와 함께 기체가 이리저리 흔들린다. 놀란 승객들은 일제히 비명을 지른다. 나는 영문도 모른 채 승객들 틈에 끼어 아이들을 데리고 공항 터미널로 다시 들어왔다.

우리가 탄 비행기 한 쪽 날개에 새가 빨려 들어간 것이었다. 이륙 후 1시간 반 만에 엔진 이상을 감지한 기장이 신속한 판단으로 회항을 한 것이다. 조금만 지체했어도 하마터면 북태평양 상공에서 변을 당할 뻔하였다. 승객들은 각자 다른 비행기로 대체했으나, 우리나라로 오는 비행기는 이미 출발한 뒤였다. 당시만 해도 항공 노선이 요즘처럼 발달돼 있지 않아, 공항에서 하룻밤을 자고 다음 날 같은 시각에 출발을 해야 했다. 처음에는 계획에 차질이 생겨서 다들 속상해했다. 하지만 이내 상황이 바뀌었다. 잠시 후 우리는 특급호텔 방을 각자 한 칸씩 배정 받았다. 세끼 식사 티켓도 받고 집에 전화할 수 있게 국제전화 카드도 받았다. 제날짜에 집에 가지 못한 아쉬움은 벌써 잊어버리고 아이들과 나는 공항 구석구석을 즐겁게 누볐다. 어느덧 저녁이 되어 호텔 방에 돌아온 아이들은 거의 수영장 수준급인 월풀 욕조에서 목욕을 하고 방마다 서로 구경을 다닌 후 단잠을 잤다.

이튿날 같은 시각 비행기에 몸을 싣고 우리는 김포공항에 무사히 도착했다. 당시에는 휴대전화가 없어서 공항에 도착하자마자 집에 전화를 했다.

"여보세요?"

"어떻게 된 거예요?"

평생 처음 들어 본 남편의 격앙된 목소리였다. 그때서야 내가 큰 실수를 했다는 생각이 들었다. 내가 인솔한 아이들은 전국 각지에서 온 학생들이었다. 부모들은 어린 자녀를 처음으로 한 달간 떼어서 외국에 보내놓고 돌아 올 날을 손꼽아 기다렸던 것이다. 비행기 도착시간에 맞춰 공항에 도착했는데 아무리 기다려도 아이들이 보이지 않자, 인솔자인 나를 대신해서 남편에게 전화를 한 것이다. 물론 남편도 공항에서 나를 기다렸다. 마땅히 도착해야 할 일행이 나타나지 않으니, 불안감에 초조해진 남편이 케나다 밴쿠버에 있는 홍 선교사님 댁에 전화를 했단다. 아침에 분명히 출발했다고 하는데, 아이들은 보이지 않고 연락할 방법이 없으니, 가족들은 애가 탄 것이다. 놀란 가족들은 공항 측에 문의를 한 결과, 그때서야 비행기 사고가 있었다는 소식을 듣고 각자 집으로 돌아갔다는 것이다.

30대 중반인 나와 10대의 아이들은 똑같이 철이 없었다. 노는데 정신 팔려서 집에 전화하는 것을 잊어버렸다. 사실은 캐나다와 한국이 시차가 달라서 배려한다고 즉시 전화를 안 한 것인데, 그 뒤론 깜빡 놓친 것이다. 공항에 마중 나온 남편과 함께 셋이서 집으로 돌아오는 데, 어제 아침 밴쿠버공항위에 펼쳐졌던 쌍무지개가 떠올랐다. 우리는 간밤에 휘몰아치던 비바람 때문에 집으로 돌아가는 길에 차질이 생기지 않을까 염려했었다. 하지만 다음날 아침 맑게 갠 하늘에 펼쳐진 무지개를 보며 안도하였다. 오늘 분명히 좋은 일이 있을 거라고….

내가 너희와 언약을 세우리니 다시는 모든 생물을 홍수로 멸하지 아니할 것이라 땅을 침몰할 홍수가 다시 있지 아니하리라 하나님이 가라사대 내가 나와 너희와 및 너희와 함께하는 모든 생물 사이에 영세까지 세우는 언약의 증거는 이것이라 내가 내 무지개를 구름 속에 두었나니 이것이 나의 세상과의 언약의 증거니라

(창 9:11~13)

왕자님이에요

둘째인 아들을 임신했을 땐 한 번도 먹은 적이 없는 족발이 먹고 싶었다. 남편은 크리스마스 이브에 족발 한 보따리를 사다 놓고, 회식이 있다며 나가서 밤을 새고 들어왔다. 혼자서 족발을 먹다 체해 밤새 고생을 했다. 처음보단 조금 나아졌지만, 여전히 입덧이 괴롭혔다. 그래도 두 번째 임신이어서 나름 잘 견뎠다.

출산일이 가까웠다. 진통이 느껴져서 첫아이를 출산했던 병원을 찾았다. 미리 금식을 하고 서울 면목동에 위치한 병원에 입원을 했다. 밤새 진통을 했는데, 다음날 회진 나온 의사가 보더니 퇴원을 하란다. 의아한 눈으로 쳐다보는 내게 의사는 '겁이 많아서 가진통이 온 것'이라 했다. 배를 붙들고 하는 수 없이 집으로 돌아왔다. 여전히 진통은 계속됐다. 집에 온 지 10여 분 만에 양수가 터졌다. 다시 택시를 불러 타고 병원으로 갔다. 분만 준비를 하던 의사가 간호사에게 빨리 보호자를 불러 오라고 한다. 전치태반인데다 탯줄이 목에 감겨 있고 태아가 너무 내려왔으니 빨리 종합병원으로 옮기라는 것이다.

일요일이라 병원 구급차를 이용할 수 없으니, 택시를 타고 가란다. 겁을 먹은 남편은 병원 측에 항의할 틈도 없이 택시를 불렀다. 택시기사는 도로가 막히자 라이트를 켜고 경적을 울리면서 반대편 차로를 달려서 휘경동에 있는 위생병원으로 갔다. 응급실에 도착하니 간호사들이 간헐적으로 계속 기절하는 나의 뺨을 때려 가면서 문진을 하고 수술실로 밀어 넣었다.

얼마간의 시간이 지나 통증이 느껴져서 눈을 떴다. 고개를 돌려보니 천정에 작은 전구 몇 개가 드문드문 켜져 있고, 내가 누워 있는 병상 옆엔 환자를 이동할 때 사용하는 간이침대가 쭉 놓여있다. 인기척이 없어 불안감이 느껴지던 순간, 문이 열리며 간호사가 얼굴을 내밀고 나를 힐끔 살피더니 다시 문을 닫으려 한다. 말이 나오지 않아 손을 들었다.

"어? 환자 깨어났어요!"

간호사가 큰 소리로 밖에다 대고 말을 한다. 잠시 후 주변을 두리번거리는 내게, 입원실로 나를 옮기던 간호사가 알려준다.

"왕자님이에요."

제왕절개 수술 후 5시간동안 마취에서 깨어나지 않으니, 기다리다 지친 남편은 거의 초죽음이 되어 있었다. 그사이 시댁과 친정에 연락을 해서 산모가 안 깨어난다고 한바탕 법석을 떤 모양이다. 병실로 옮기는데 친정아버지께서 내 손을 잡고 우신다. 얼마나 급하게 오셨는지, 집에서 입던 옷차림에 슬리퍼를 끌고 성남에서 택시를 타고 오셨다.

"이제 됐다. 몸조리 잘 해라."

벌겋게 충혈 된 얼굴에 떨리는 소리로 한 말씀 하시고 아버지는 집으로 가셨다.

아들은 나보다 일주일 뒤에 퇴원했다. 양수가 터진 상태로 몇 시간을 돌아다니느라, 세균에 감염되어 치료를 받은 것이다.

평소에 말이 없으신 친정아버지는 표현은 잘 안하셨지만, 당신의 아들을 잃고 한이 맺혀선지 첫 외손자인 아들을 많이 예뻐하셨다.

> 이에 저희가 그 근심 중에 여호와께 부르짖으매 그 고통에서
> 구원하시되 흑암과 사망의 그늘에서 인도하여 내시고 그 얽은 줄
> 을 끊으셨도다 여호와의 인자하심과 인생에게 행하신 기이한 일
> 을 인하여 그를 찬송할지로다(시편 107:13~15)

그 이름, 아들

"아무리 찾아도 우리아들 번호가 여기엔 없네요."

"어머님 되십니까? 훌륭한 아드님을 두셨습니다. 오늘의 모든 행사를 아드님이 지휘할 것입니다."

아들이 스물여섯 나이에 군대를 가서 5주간 훈련을 받고 수료식을 하는 날이다. 이른 아침부터 남편과 함께 서둘러서 수색에 있는 군부대를 찾아갔다. 그 전날까지도 아무 연락을 못 받은 우리는 마땅히 배치도에 있어야 할 아들의 임시 군번이 제자리에 없어서 당황하여 행사 담당자에게 물어보았던 것이다.

수료식이 시작되기 전에 소대장의 안내를 받아서 단상위로 올라갔다. 나는 사단장님의 오른쪽에, 남편은 왼쪽에 자리를 배치 받아 수료식을 참관하게 되었다. 378명의 건장한 대한민국 군인들이 아들의 우렁찬 구령에 맞추어서 일사불란하게 움직이는 것을 보니 꼭 꿈을 꾸는 것만 같았다. 행사가 끝나고 사단장님, 대대장님, 중대장님, 소대장님 그리고 교관들 한 사람씩 악수를 했다. 아들의 소개로 군악대장님과 인사를 나눴다.

"저희 어머니예요."

수료식이 끝나고 점심을 먹으러 외출을 했는데, 아무도 밥 먹을 생각을 하지 않는다. 식사를 하는 둥 마는 둥 마치고 우리는 헤어졌다. 아들은 부대로 귀대하고, 우리 부부는 집으로 향했다. 귀가하자마자 낮에 시누이 남편이 촬영해준 동영상을 틀어보았다. 큰 스크린을 통해서 보니 또 다른 감동이 있다. 주일 예배를 마치고 성도들과 함께 보았다. 남편은 회사에 가서 직원들과 영상을 보았단다. 집에 와서 잠들기 전에 모바일 폰으로 보고, 다음 날도 그 다음 날도 보고 또 보았다. 딸이 한마디 한다.

"그놈의 화면 다 닳겠네."

십여 년의 세월이 지났건만 지금 생각해도 가슴 뭉클하다.

내게는 남자형제가 없다. 친정아버지는 평생 아들타령을 하시다 가셨다. 친정 쪽에는 심지어 사촌들까지도 아들이 없어서 완전히 대가 끊겼다. 요즘엔 아들딸 구별을 크게 하지 않는 것이 사실이지만, 난 아들에게서 어릴 때 잃은 남동생의 오버랩 된 이미지를 발견할 때가 있다. 그래서 딸도 사랑하지만 아들에게 더 애틋한 정이 가는 것은 어쩔 수가 없다.

지난주는 고난주간이었다. 나는 온 종일 하나님의 아들이 죄 많은 세상에 오셔서 온갖 조롱과 멸시와 천대를 받고, 십자가에 못 박히신 주님의 '십자기의 죽음'을 묵상했다. 우리 인간은 하나님의 형상과 모양대로 지음을 받고, 하나님의 생기가 우리에게 불어져서 사람이 되었다. 그러나 마귀의 꾐에 빠져서 하나님과 원수가 되고, 지옥의 형벌을 마귀와 함께 받아야 하는 죄인이 되었다. 그런 우리를 불쌍히 여기신 하나님은 당신의 아들을 우리의 죗값을 대신 치를 제물로 이 땅에 보내셨다.

벌레요, 미물 같은 우리도 자식이 그렇게 귀하고 사랑스럽고 아까운데, 지정의를 지닌 전인격적인 하나님이 어찌 아들을 사랑하지 않으시랴. 백 번 죽어 마땅한 죄인들을 살리려 아들을 사지로 내려보내신 아버지 하나님. 온갖 조롱에 가시 면류관을 쓰고 채찍에 맞아 갈기갈기 찢겨진 예수님. 손과 발에 못 박힌 십자가 위에서 옆구리를 창에 찔려 물과 피를 다 쏟아낸 죽음의 고통 속에서

"엘리엘리 라마 사박다니."

어찌하여 나를 버리셨느냐고 울부짖는 아들을 외면하시고 죄인들을 살리신 하나님. 주님이 십자가에 못 박힐 때, '해도 빛을 잃어 온 세상이 캄캄하였다'라고 성경에 기록하고 있다. 아들을 사랑하신 하나님 아버지의 마음이 절절히 가슴에 맺힌다. 아들을 내어주시고 나 같은 죄인들을 살리신, 그 크신 사랑을 어찌 말로 표현할 수 있을까. 죄인 위해 독생자를 내어주신 하나님, 날 위해 죽으

시고 부활하신 주님! 감사합니다. 사랑합니다.

　　내가 그리스도와 함께 십자가에 못 박혔나니 그런즉 이제 내가
산 것이 아니요 오직 내안에 그리스도께서 사신 것이라 이제 내
가 육체 가운데 사는 것은 나를 사랑하사 나를 위하여 자기 몸을
버리신 하나님의 아들을 믿는 믿음 안에서 사는 것이라

　　(갈라디아 2:20)

꿀 보이스

아들은 휴가철 중간인 삼복더위에 태어난 탓에, 생일잔치도 제대로 못해주었다. 두 살 터울인 누나를 잘 따르고, 혼자서도 1인 다역을 하면서 놀았다. 아들이 세 살이 되던 해, 딸이 교통사고로 병원에 입원하는 바람에 내가 간호를 해야 했다. 할 수 없이 아들을 친정집에다 한 달간 맡겼다. 난생 처음 엄마와 떨어져 지낸 불안감 때문인지, 한 달 만에 만난 아들은 잠시도 엄마를 떨어지지 않으려 했다. 몇 달간은 심지어 화장실을 갈 때도 데리고 들어가야 했다.

입학시기가 돌아오는데, 딸과는 달리 아이는 한글을 읽지 못했다. 장난기가 많고 장난감을 가지고 노는 걸 좋아했다. 세 살 무렵 아빠가 게임기를 사주었는데, 녀석은 새벽에도 일어나서 게임을 즐겼다. 보다 못한 남편이 특단의 조치를 내렸다.

"아들! 한글 읽을 줄 알면 아빠가 자전거 사줄게."

무슨 말로 꼬드겨도 듣는 척도 안하던 아이가, 제 누나를 다그쳐서 일주일 만에 한글을 다 익히고야 만다. 약속대로 자전거까지 얻게 됐다.

초등학교에 들어간 지 얼마 안 되었다. 주일학교 담당 전도사님이 드럼 치는 것을 보고 집에 오더니, 나무젓가락을 들고 밤늦게까지 드럼 치는 연습을 한다. 다음 날 드럼 앞에 앉더니 박자를 맞춘다. 밤마다 교회 심야기도 때 드럼을 쳤다. 드럼을 친 지 며칠 되지 않아 기교까지 부려서 지켜보는 성도들의 웃음을 자아내기도 했다. 컴퓨터든 악기든 한 번 보면 금방 습득을 했다. 지금도 컴퓨터에 문제가 생기면, 무조건 아들을 부르면 해결된다.

아들이 고등학교에 다닐 때 집안 형편이 가장 어려웠다. 천안으로 대학을 다니는 제 누이의 교통비와 점심값을 매일 챙겨 주고 나면, 아들에게까지 신경 쓸 여력이 없었다. 수업료도 급식비도 전혀 챙기지 못했다. 집안 사정을 뻔히 알고 있는 아들은 수업료 때문에 담임 선생님께 야단을 맞고도 집에 와선 한 번도 내색을 하지 않았다. "우는 아이 젖 준다"라는 속담이 있듯이 내색을 안 하니, 아들의 사정을 제대로 살피지 못했다.

"엄마, 나 학교에 가기 싫어요."

"왜? 무슨 일인데?"

"선생님과 아이들이 다 미쳤어요. 입에서 나오는 말이 다 욕이에요."

아들은 늘 소화제를 사먹고 탄산음료를 달고 살았다. 태어나서부터 교회와 집밖에 모르는 아이는 힘든 학교생활을 나름대로 혼자서 잘 이겨내고 무사히 졸업을 했다.

어릴 때부터 찬양사역을 하는 엄마의 영향을 받은 탓인지, 딸과 아들 둘 다 음악을 하겠다니 걱정스러웠다. 나도 여느 부모들처럼 내 자식들이 하나님께서 주신 명석한 두뇌로 좀 더 창의적이며 사회적으로도 각광받는 일을 했으면 하는 바람이 있었다. 한데 결국 둘 다 음악을 하게 되었다.

군대생활은 군악대에서 근무를 했다. 이등병이 날마다 전화를 한다. 반가우면서도 걱정스러워서 어떻게 된 거냐고 물으면, 점심 먹고 커피 한잔 하고 있단다.

하나님께서는 아들에게 포근하면서도 약간 비음 섞인 '꿀 떨어지는 목소리'를 주셨다. 주변에서 녹음을 할 때나 행사 때 자주 불려 다녔다. 하지만 예대 실용음악과에 보컬로 몇 번 지원했는데 실패했다. 나중에 들은 얘기지만, 몇 명 안 뽑은 데다 자기에게 레슨 받은 제자들을 우선순위로 뽑기 때문에 쉽지 않다고 했다. 어쨌든 그쪽에 실력이 있어서 국방부에서부터 수도권에 위치한 각 부대를 돌며 군가를 가르친다고 했다. 마침 연예병사 문제가 터져서 행사 때마다 아들이 그 자리에 서게 되었다. 입대한 지 6개월 만에 '박근혜 대통령 취임식'이 있었는데, 아들은 취임식 강단 좌우편에 10명씩 세우는 자리에 뽑혀서 트럼펫을 불었다.

아들이 군대에 가기 전에는 약간 소심한 성격인 것 같았다. 어려서는 그렇게 조잘거리던 아이가 어느 순간 말수가 거의 없어졌다. 가정 형편이 어려워서 친구들 사이에서 혹시 기가 죽은 것 아닌가 하는 걱정도 했다. 하지만 아들은 군대생활을 하면서 상남자가 되어 돌아왔다. 자존감이 높아지고 형들이나 친구들을 당당하게 리드해 가는 모습이 아빠의 기질을 많이 닮은 듯하다. 176cm의 키에 건장하고 듬직한 체구의 아들은 바라만 봐도 가슴 뿌듯한, 딸에게서 느낄 수 없는 든든함 같은 게 느껴진다. 하나님께서 아들을 매 순간마다 얼마나 세심하게 간섭하시고 이끄시는지 그저 놀라울 따름이다.

내 아들의 기도제목은 언제나 '하나님께 영광 돌리는 것'이다. 그래서인지 불법이거나 정도가 아니라고 생각되는 것, 요행을 바라는 것은 절대 하지 않으려는 성품을 지녔다. 하여 가끔씩 엄마의 욕심으로 "이 정도쯤이야." 하는 내게 "목사님께서 그러시면 안 되죠." 하고 단호하게 말한다. 그럴 때면 딸과 나는 서로 아무 말 못하고 서로 눈빛만 교환하며 입을 삐죽거릴 때가 있다.

어려서는 그렇게 엄마 옆에 껌딱지처럼 붙어있던 아들이 제대 후 독립을 했다. 직장이 집과 멀리 떨어져 있어, 지금은 강남 삼성동에서 혼자 살고 있다. 사실은 사택에 방이 두 칸밖에 없는 탓이기도 하다. 코로나 팬데믹 핑계로 자주 오지는 않지만, 가끔 집 근처 골프연습장에 왔다면서 깜짝 이벤트로 점심을 사주기도 한다. 집 안의 대소사나 절기마다 가족에게 외식을 시켜주고 용돈을 두둑이 챙겨주기도 하는 아들은, 이 어미의 미안하고 허전한 가슴을 빈틈없이 메워주는 극상품 효자다.

무릇 주를 찾는 자는 다 주 안에서 즐거워하고 기뻐하게 하시며 주의 구원을 사랑하는 자는 항상 말하기를 여호와는 위대하시다 하게 하소서(시편 40:16)

아빠가 TV에 나와요

배냇머리가 귀밑까지 나풀거리는 딸아이가 TV에 아빠가 나온다고 좋아했다.

가까이 보면 시력이 나빠진다고 몇 번씩 안아다가 멀찍이 떼어놔도 소용이 없다. 첫돌이 안 된 아이는 80년대 중후반에 한참 인기를 누리던 가수 윤ㅇ일 씨가 나오면, "아빠! 아빠!" 하면서 TV 앞에 달라붙어 있다. 통통한 다리를 굽혔다 폈다 하면서 연실 고개를 끄덕이며 흥얼거린다. 음악에 맞춰 춤을 추는 것이다. 그러다가 화면이 바뀌면, 엄마인 나를 돌아보며 아빠가 없어졌다고 TV를 손가락으로 가리키며 동동거리면서 우는 것이다. 아무리 달래도 소용없어서 하는 수 없이 채널을 돌려 윤ㅇ일 씨가 나오는 방송을 틀어주곤 하였다. 아마도 윤ㅇ일 씨의 얼굴 윤곽이 젊었을 때의 남편 얼굴과 비슷해서 아빠를 좋아하는 어린 딸의 눈에는 아빠처럼 보였던 모양이다.

남편은 분당 정자동에 위치한 1,651세대의 아파트 동 대표 회장을 맡아 왔다. 입주 후 5년이 지나 분양으로 전환될 무렵에 회장을 맡았다. 업체들로부터 어떤 리베이트도 받지 않았다. 수익금을 전부 구청에 위탁하고, 공사 때마다 청구해서 사용했다. 오로지 단지의 발전을 위해 청렴하게 일을 한 까닭에 좋은 소문이 났다. 명절이면 집 앞에 수북이 쌓이는 선물조차도 우리는 손도 못 대게 했다. 나중엔 경비아저씨에게 아예 차단하도록 지시했다.

"아빠가 TV에 나와요."

"언니! 형부가 TV에 나오네."

남편이 정말로 TV에 나오게 되었다.

나는 찬양 사역에 바빠서 시간을 정해 놓고 방송을 볼 시간도 없었다. 가족들이 알려줘서 보니, 아름방송(분당방송)에서 남편을 주인공으로 20분짜리 다큐를 제작·방송한 것이었다. 지역방송 특성상 하루에도 몇 번씩 몇 달을 방영했다. 그 후 6개월이 지났을 즈음, 어느 정당에서 남편에게 러브콜을 했다. 당시 분당은 여당이 강세였다. 사리사욕 없이 일처리를 잘하는 사람으로 알려진 남편을 지구 내 여당 시의원 후보로 추천을 한 것이었다. 인기도 많아, 여론조사에서 68%가 나오니까 주변에서 이구동성으로 '정○○는 그냥 앉아 있어도 당선'이라고 했다. 선거사무실을 차리고 전단지와 벽보를 만들어 선거운동이 한창일 때도 배우자인 나는 한번도 도움을 주지 못했다. 찬양집회 일정이 바빴기 때문이다.

선거가 얼마 남지 않은 어느 날, 밤늦도록 남편이 안 들어와서 전화를 했다. 전화기 두 대가 다 꺼져 있다. 아무 연락도 없이 전화기를 꺼 둘 사람이 아니었다. 결혼 후 지금까지 직장을 다니면서도 하루 세끼 가족들의 밥을 챙기고, 살림을 맡아 해 온 사람이다. 너무 당황스러워서 옆집으로 갔다. 복도식 아파트여서 세 집이 가족처럼 지낸 터였다. 한 집은 엄마가 직장을 다녀서 초등생인 사내아이 둘을 우리가 3년 동안 오후 간식을 챙기고 숙제를 돌봐 주었다. 그 댁 아저씨가 걱정스러운 얼굴로 남편이 경찰서에 있다고 말해줬다.

다음날 아침, 뜬눈으로 밤을 새고 콩닥거리는 가슴을 달래며 분당경찰서로 갔다. 어디로 가야 할지 몰라 본관 건물 1층을 서성이다가 화장실 쪽으로 걸어갔다. 문이 열린 곳이 있어 고개를 돌렸다. 남편이 포승줄에 묶인 채 취조를 받고 있었다. 순간 눈이 뒤집혔다. 담당형사에게 '지금 뭐하는 거냐'고 소리를 질렀다. 형사는 아무렇지도 않게 '형식이고 절차일 뿐이니, 아무 걱정하지 말라'고 한다. 남편은 내게 성남법원 앞에 있는 ○○○ 변호사를 찾아가라고 했다.

변호사 사무실에 도착해서 직원에게 남편의 이름을 대고 변호사님을 뵈러 왔노라고 했다. 옆에 있던 사무장이 '변호사님 부재중'이라고 했다. 대기실에 앉아서 30여 분을 기다려도 아무 소식이 없다. 내게는 3년 같은 시간이었다. 아무래도 속은 기분이 들어서 벌떡 일어나 변호사실 문을 열고 들어갔다. 40대 초반으로 보이는 변호사가 당황하여 일어서며 '무슨 일이냐'고 묻는다. 남편의 이름을 대고, 어떻게 된 일이냐고 물었다. 남편이 선거법을 위반해서 구속이 되었다고 했다. 변호사는 자리에 앉으면서 빈정대듯 설명을 했다.

"원래 자치단체 기초의원으로 나오는 사람들은 돈 자랑 좀 하려고 명예욕 때문에 다 그런 거예요."

기가 막혔다. 나는 가방에서 수첩과 볼펜을 꺼내 들고 적는 시늉을 하였다.

"뭘 적는 겁니까?"

변호사는 약간 긴장하듯 물었다.

"신문에 내려고."

3,000만 원이나 되는 수임료를 받고 당신은 뭘 했으며, 그 수임료는 어디에 근거를 두고 책정해서 받았느냐고 물었다.

"제가 오늘 아침에 기자 200명이 분당경찰서로 취재 나오기로 한 걸 막았습니다."

"이 자식아! 네가 변호사라면 변호를 맡은 사람이 어떤 상황인지는 알고 변호를 맡아야지. 네 부모가 변호사 돼서 가난한 서민들

등 쳐먹으라고 공부시켰니?"

한 번도 뱉어 본 적이 없는 막말이 나왔다. 목에 핏대를 세워 소리 지르던 감정을 추스르고 남편이 어떻게 시의원 후보가 되었는지 잠시 설명을 했다. 자기는 그동안 다 그렇고 그런 사람들을 많이 상대해서 이번에도 그런 케이스인 줄 알았다고 했다.

현직 시의원으로 있던 최○○은 3선이었다. 남편이 여론조사에서 68%의 지지율이 나오자 도저히 대책이 없었던 모양이다. 평소에 형님 동생하며 지내던 사이로, 술 한잔하자고 데리고 가서 사달을 낸 것이었다. '5,000만 원을 요구하고 후보를 사퇴하겠다는 내용'이라고 했다. 녹취록을 아무리 들어봐도 '웅웅'거린 소리 뿐 말소리가 전혀 들리지 않았다. 아무리 부인을 해도 소용이 없었다. 이웃집 아저씨도 증인으로 불려가서, 우리를 '잘 모르는 사람들'이고, 남편은 '특별한 직업이 없는 건달'로 만들어 놓았다. 남편은 그들과 함께 건축 일을 하고 있었다. 이미 형사들과도 다 입을 맞춰 놓은 상태여서 꼼짝 없이 당했다.

2,000년대 초반, 부정선거에 대해 엄중한 단속을 강화할 때였다. 본보기로 걸린 것이라고 했다. 남편은 바로 성동구치소에 수감이 되었다.

나는 남편에게 용돈을 받아서 생활했다. 마침 집에 쌀이 떨어졌는데, 용돈도 바닥이었다. 중학생 딸과 초등학생인 아들을 이틀 동안 라면을 끓여 먹었다. 6월 중순이어서 날씨가 더운데도, 밤마다 창문을 닫고 셋이서 울었다. 명분은 아빠를 위해 기도하자는 것인데, 눈물을 쏟는 것 외에는 아무 말도 할 수가 없었다. 내가 교도소 사역을 다닐 땐 정문에서부터 에스코트를 받고 다녔는데, 수감자의 가족 신분으로 가니 차도 들어 갈 수가 없었다. 안내절차를 밟아 면회를 했다. 영화에서나 보았고, 교도소 선교를 다닐 때 보았던 갈색 수형복을 입은 남편을 창 너머에 두고, 서로가 아무 말도 못하고 울다 돌아오곤 하였다.

두 달 후 선거가 끝나고 바로 집행유예로 풀려났다. 남편은 "그 사람을 찾아가 죽이겠다."라고 했다. 밤에 잠을 자다가도 몇 번씩 벌떡 일어나곤 했다. 나는 날마다 남편에게 원수 갚는 것이 우리에게 있지 않고 하나님께 있으니 기도만 하자고 했다. 얼마 후에 전해 들은 소식에 따르면, 남편을 무고하게 고발했던 현직 시의원은 본인이 뇌물수수죄로 수원교도소에 수감돼 1년 실형을 살고 출소하던 날 급사를 했다고 한다.

남편이 주일예배에 함께하지 못하니, 모두들 궁금해 했다. 처음엔 출장 갔다고 했다가 담임목사님께만 말씀을 드리고, 부모 형제들에게조차 아무에게도 입을 열지 않았다. 아무도 믿지 않는 가족들에게 예수 믿는 집에 왜 그런 일이 생기느냐는 소리를 들을까 봐 비밀로 했던 것이다. 몇 달이 지나 시동생에게 말했더니 펄쩍 뛰었다. "내 동기들이 다 판검사 변호사인데, 왜 말을 안했느냐"라고 핀잔을 들었다.

남편에겐 다시 그쪽을 돌아보면 당신하고 안 살겠다고 엄포를 놨다. 돈 안 벌어도 좋으니 옆집 사람들과 하던 일도 그만두고 상종도 못하게 했다.

처음 시의원으로 러브콜을 받을 무렵 섬기던 교회 담임목사님께서 후유증이 크다고 만류를 하셨다. 우리는 주의 종 말씀보다 여론조사를 더 신뢰했었다. 하나님께서는 우리가 세상에서 성공하는 것보다 말씀 안에 거하며 주님의 일을 전심으로 행하는 것을 기뻐하신다.

이후 남편은 무슨 일이 있어도 교회가 먼저이고 가정이 먼저인 삶을 살고 있다.

> 내 아들아 내 말을 지키며 내 계명을 간직하라 내 계명을 지켜 살며 내 법을 네 눈동자처럼 지키라 이것을 네 손가락에 매며 이것을 네 마음 판에 새기라(잠언 7:1)

우리 집이에요

가을이 무르익어가는 어느 주일 아침, 예배에 참석하기 위해 준비를 하고 있었다. 누군가 초인종을 눌러 현관에 나가서 물었다.

"누구세요?"

"집주인이에요."

어느 인간이 아침부터 남의 집에 와서 헛소린가 싶어 얼른 문을 열었더니, 낯선 아저씨가 서 있는 것이다.

"집주인이라뇨? 여긴 우리 집이에요."

"지난주에 제가 낙찰 받았습니다."

너무 급작스러운 상황이라 뭐라 대꾸도 못하고 집안으로 들어와, 남편에게 이게 무슨 일이냐고 물었다. 남편은 말없이 밖으로 나가서 손님을 보내고 잠시 후에 들어왔다. 지난 번 선거 때, 집을 담보로 대출을 받았다는 것이다.

"그놈의 선거는 왜…"

말을 꺼내다가 얼른 입을 다물었다. 남편은 선거라면 이미 혹독한 대가를 치렀기 때문에, 더 이상 상처를 건드리기 싫었다. 하지만 결혼해서 처음 마련한 내 집이 아닌가. 치밀어 오르는 감정을 억누르고 예배를 드리러 갔다. 어떤 일을 시작할 땐 반드시 하나님께 묻고 주님의 인도하심을 따라야 하는데, 기도보다 눈에 보이는 현상을 믿고 여론을 믿었던 걸 회개했다. 나라도 정신 차리고 말렸어야 했다.

한번 길을 잘 못 든 결과는 처참했다. 그해 겨울비가 추적추적 내리는 12월 초, 우리 가족은 정든 아파트 생활을 청산하고 부근 주택 단지의 작은 빌라 1층 방 두 칸짜리 집으로 이사를 했다. 남편이 혼자서 우리 집 형편에 맞춰서 구한 집이다. 거실 겸 주방이 장기판 크기만 했다. 이쪽으로 가든 저쪽으로 가든 열 걸음이 채 안 되었다. 짐을 절반도 안 옮겼는데, 벌써 거실이 꽉 찼다. 아이들과 나는 비를 피해 집안으로 들어왔다. 혼자서 무거운 짐을 옮기는 남편의 얼굴을 보니, 표정이 말이 아니었다. 자신의 잘못된 선택으로 인하여 살던 집을 빼앗기고 작은 월셋집으로 이사를 하니, 가족에게 미안하고 자신에게 화가 나서 견딜 수 없다는 표정이다. 터지기 직전인 풍선 같았다. 아이들도 풀이 죽어 말이 없다. 평소에 농담이나 위트도 모르는 내가 한마디 던졌다.

"거실이 좁아서 좋다. 무릎 맞대고 앉아 밥도 먹고, 예배드리고…. 식구들끼리 오붓해서 좋겠네."

아무런 대꾸가 없다. 이사한 날이니 "자장면 시켜먹자."라고 혼자 떠들었다. 다행히 점심을 먹으며 뾰루퉁한 감정은 한결 누그러 졌다.

아들이 얼른 방 하나를 차지했다. 딸은 자연스레 거실차지가 됐 다. 속 깊은 아이는 자기 방이 없는 것을 드러내놓고 불평하지 않 았다. 방음이 제대로 되지 않은 집은 주변의 소음이 고스란히 스 며들었다. 옆집 윗집 건너편 집 할 것 없이 이웃에겐 그다지 신경 을 안 쓰는 사람들이다. 새벽부터 동네를 울리는 알람소리에 잠을 깨야 했고, 밤마다 골목에서 실랑이를 벌이는 취객들의 사정을 살 펴야했다. 그래도 온 가족이 날마다 가정예배를 드리며 함께 지낼 수 있어 감사했다.

이사 후 한 달쯤 지난 어느 날 뜬금없이 친정아버지께서 오셨다. 결혼 후 처음 딸집을 방문한 것이다. 신혼 초에는 시동생들을 데 리고 사느라, 아버지더러 오시라는 소리도 못했다. 아버지의 반대 를 무릅쓰고 결혼한 데다 넉넉지 않은 생활을 하는 딸이 탐탁치 않으셨는지, 같은 성남에 살면서도 한 번도 오시지 않았다. 아이들 이 중학생이 돼서야 벼르고 별러서, 이사했다는 소식에 큰맘 먹고 오신 것이다. 비좁은 집에 옹기종기 모여 사는 딸의 궁색한 살림살 이에 실망을 하셨는지, 점심식사도 안하시고 10분 만에 자리를 뜨 셨다.

"제발 잘 살아라."

내 아버지의 처음이자 마지막 방문이었고, 이 말씀은 끝내 유언
이 되고 말았다.

> 내 영혼아 네가 어찌하여 낙망하며 어찌하여 내 속에서 불안
> 하여 하는고 너는 하나님을 바라라 나는 내 얼굴을 도우시는 내
> 하나님을 오히려 찬송하리로다(시 42:11)

Holly Sprit for you

교회를 설립하기 전까지 10년 동안 낙원교회(김원남 담임목사)를 섬겼다. 남편은 그 교회에서 40대 초반에 장로 장립을 받았다. 딸은 피아노 반주를 하고, 아들은 성가대원으로, 나는 선교사 안수를 받고 부교역자로 섬겼다. 오전과 오후 예배 때 찬양인도를 주로 맡았다.

2006년 아직 봄의 여운이 가시지 않은 어느 주일이다. 동서울호텔 맞은편에 위치한 교회에서 오후예배 찬양을 인도했다. 찬양이 시작된 지 얼마 되지 않아, 20살 청년인 아들이 자리에서 일어나 밖으로 나갔다. 나는 속으로 '쉬는 시간에 화장실을 다녀오지.' 하는 생각을 하며 찬양을 계속 하고 있는데, 남편이 휴대전화 문자를 확인하고 밖으로 나간다. 잠시 후에 사모님도 밖엘 나가더니, 세 사람은 예배가 끝날 때까지 들어오지 않았다.

1시간 후 예배가 끝나고 나오는데, 사모님께서 나를 보자고 하신다.

"밖에 무슨 일 있어요?"

의아해하며 묻는 내게 자리에 좀 앉으라고 하신다.

"아드님이 119에 실려 갔어요."

"왜요?"

믿기지 않았다. 조금 전까지 앉아서 예배 드리던 아이가 왜 구급차에 실려 갔는지 도무지 알 수가 없었다. 건대병원으로 갔다는 소리를 듣는 순간 간밤의 꿈이 생각났다.

주일 새벽에 꿈을 꾸었다. 나는 항상 자정 이후에 잠자리에 든다. 쉽게 잠들지 못한 탓에 뒤척이다 잠이 들었다. 꿈속에서 내게 큰 음성이 들렸다.

"네게 큰 능력을 주겠다."

하나님의 음성이란 걸 직감했다. 꿈에서도 너무 좋아 잊어버리지 않으려고 계속 중얼거리며 되뇌었다. 분명히 한국말로 들었는데, 내 입에서는 영어가 나왔다.

"Holly Sprit for you."

비몽사몽간에 계속 'Holly Sprit for you.'를 반복하다가 아침이 되어 교회로 온 것이다.

병원 응급실에 도착하니, 남편이 커다란 눈을 껌뻑이며 자기가 환자인 양 기진맥진해 있었다. 아들은 한쪽 팔을 뻗치고 고개를 움직이지 못한 채 아프다며 울고 있었다. 당직의사가 하는 말이 '목디스크 같은데, 가만히 앉아 있다가 이런 증상이 생겼다는 게 도무지 이해할 수 없다'고 한다. 일단 입원 수속을 하고 월요일에 전문의에게 다시 보이자고 했다. 난 가족들에게 간밤의 꿈 이야기를 하고 일단 집으로 가자고 했다. 근육이완제와 진통제를 처방받아 왔다.

다음날 아들을 데리고 분당 서울대병원 응급실로 갔다. 하루 종일 이런저런 검사를 하더니, 저녁에야 결과가 나왔다. 지치고 힘들어하는 남편을 쉬라고 집엘 보냈는데, 의사가 A⁴용지 한 장을 들고 와서 보호자를 찾는다. 내게 이야기 하라고 하니까 괜찮겠느냐고 묻는다. 이런 경우는 처음이라 일단 입원부터 시키고 목요일에 신경외과 교수님이 오셔서 봐야 알 수 있다는 것이다.

링거를 꽂고 눕지도 못한 채 앉아서 팔을 뻗치고 고통스러워하는 아들에게 집으로 가자고 했다. 자기는 아파 죽겠는데 왜 집으로 가느냐고 투정을 한다. 의사에게는 "집에 가서 남편과 의논을 한 뒤 다시 오겠다."라며 못마땅해 하는 아들을 데리고 집으로 왔다.

"하나님이 하실 거야."

병원에서는 날마다 전화가 왔다. 병실이 났을 때 빨리 입원을 시키란다. 알겠다고만 했다.

목요일 진료실에 들어서니 담당교수는 컴퓨터 화면에 나타난 아들의 MRI 사진을 우리에게 보여주었다. 경추 3번과 4번 사이에 있는 중추신경관에 생긴 작은 땅콩 모양의 혹이 신경을 눌러서 목과 팔에 마비가 온 것이라고 했다. 빨리 제거하지 않으면 온몸에 마비가 올 수 있으니 당장 수술을 하자고 한다.

이런 경우가 종종 있느냐고 묻자 한 번도 본 적도 들은 적도 없고, 학계에 보고된 적도 없다는 것이다. 한데 수술은 간단하다고 했다. 목뼈에 구멍을 뚫어서 혹을 제거하면 된다고 했다. 순간 나는 절대 수술시키지 않겠다고 다짐했다. 중추신경은 미세하게라도 건드리면 큰일나는데, 내 아들의 생명을 그들의 손에 맡길 수 없었다.

"집에 가서 의논하고 오겠습니다."

기도시간을 벌기 위해서였다.

화급을 다투는 상황인지라, 모두 말도 안 된다는 표정으로 나를 쳐다본다. 말로 표현할 수 없는 고통을 참아내고 있는 아들의 얼굴을 보기 민망해서 얼른 진료실을 나왔다.

"엄마, 나 너무 아파서 죽을 것 같아요. 수술은 간단하다잖아요?"

"아니, 하나님이 고쳐주실 거야. 엄마에게 큰 능력 주신다고 했잖아. 힘들어도 조금만 더 참아라."

뒤따라 나오던 아들의 입에서 뱉은 말이 내 귀에 메아리가 되고, 원망 가득한 눈초리에 뒤통수가 따가웠다.

팔다리에 쥐가 나면 뻗치고 움직이지도 못할 정도의 통증을 느낀다. 아들도 목과 어깨와 팔이 뻣뻣해져서, 오므리지도 못하고 고개를 돌리지도 못하고 눕지도 못했다. 책상에 앉아서 이불을 쌓아 올려놓고 엎드린 채로 하루하루 진통제와 근육이완제에 의지하여 버티고 있는 중이다.

진료실에서 의사의 얼굴을 한번 보고, 아들 얼굴과 내 얼굴을 번갈아 보면서, 중간에서 이러지도 저러지도 못해 난감해 하던 남편이 발걸음을 재촉하는 나를 불러 세운다.

"어떻게 할 거예요?"

"뭘 어떻게 해요? 내 아들 목숨을 경험도 없다는 저 사람들한테 어떻게 맡겨요? 기도해야죠."

나는 집 근처에 있는 한빛영성원에서 날마다 남편과 함께 기도를 했다. 자정이 다 될 무렵 집에 오면, 아들의 목에 손을 얹고 매일 안수기도를 하였다. 아들은 무릎을 꿇고 기도를 받았다. 친분이 있는 목사님께 기도부탁을 하고 원장님께도 안수기도를 받았다. 일주일이 다 되어도 아무 차도가 없다. 토요일 밤에 기도를 마치고 집에 와서 아들의 목에 손을 얹고 간절히 기도했다.

"엄마! 풀어졌어요. 목이 돌아가요."

"어디보자. 할렐루야! 하나님이 고쳐주신 거 믿니?"

"네!"

하나님께서는 아들을 통하여 나의 믿음을 테스트하셨다. 내게 주신 '큰 능력'은 '약속의 말씀을 믿고, 어떤 상황에도 요동하지 않고 성령을 의지하여 끝까지 인내하는 것'이었다. 주님은 우리를 돕는 보혜사 성령을 보내주셨다. 'Holly Sprit for you.'

오직 성령이 너희에게 임하시면 너희가 권능을 받고 예루살렘과 온 유대와 사마리아와 땅 끝까지 이르러 내 증인이 되리라 하시니라(행 1:8)

주일 새벽에 꿈을 꾸었다.
꿈속에서 내게 큰 음성이 들렸다.
"네게 큰 능력을 주겠다."
하나님의 음성이란 걸 직감했다.
꿈에서도 너무 좋아 잊어버리지 않으려고 계속 되뇌었다.
분명히 한국말로 들었는데, 내 입에서는 영어가 나왔다.

"Holly Sprit for you."

Chapter 4

찬송으로 드리는 기도

시인이 되다

초등학교에 입학한 딸이 숙제를 하고 있다. 저축에 대한 글짓기를 한다는 것이다. 초등학교 1학년짜리가 혼자서 쓰기 과제를 하는 게 버거워 보여서 거들어 주었다. 얼마 후에 1등을 했다고 상금 3만 원을 타왔다. 머지않아 불조심에 대한 웅변 원고를 써가는 과제를 받아 왔다. 나는 학창 시절에 맡아 놓고 웅변을 해 왔던 터라, 단번에 숙제를 해서 보냈다. 이번에도 또 3만 원을 상금으로 받아왔다. 며칠 후엔 딸이 1학년 대표로 웅변대회에 나가게 되었기에, 몇 가지 포인트를 잡아 지도해서 보냈다.

직장에 간 남편을 불러 함께 아이의 웅변대회에 참관하기 위해 서둘러 학교로 향했다. 시간에 맞춰 간다고 했는데, 교문 앞에 도착하니 벌써 웅변이 시작되었다. 6학년쯤 되어 보이는 여학생이 강약을 조절해 가며 차분하게 웅변을 잘하는 것이다. '우리 지현이가 저 학생 하는 걸 잘 듣고 참고하면 좋겠다.' 하면서 운동장으로 들어섰다. 한데 그 연사가 바로 1학년짜리 내 딸이었다. 전혀 기대하지 않고 경험이나 쌓으라고 내보낸 것인데, 기대 이상이어서 놀랐다. 아이는 1등을 했다.

어느 날 담임 선생님으로부터 전화가 왔다. 성남시 주부의 날 행사로 글짓기 대회가 있으니 금곡동 대표로 참가 해 달라는 요청이었다. 나는 일언지하에 거절을 했다. 다음날 교감 선생님, 교장 선생님이 차례로 전화를 했다. 나중엔 동장님이 전화해서 참가만 해 달라고 부탁을 했다. 더 이상 거절할 수가 없어서 참가만 하겠다고 했다.

사실 중학교 2학년 때부터 시를 좋아해서 교과서에 실린 시를 다 암송하고 다녔다. 그중에서도 윤동주의 '별 헤는 밤', 김소월의 '진달래', 만해 한용운의 '님의 침묵'을 무척 좋아했다. 고등학교 땐 내가 쓴 시가 몇 차례 교지에 실리기도 했다. 1970년대 당시 학생들에게 연중행사로 부과됐던 '국군장병에게 위문편지 보내기'를 하면, 우리 반 아이들 절반가량의 편지를 내가 대신 써주곤 했다. 몇 주가 지나면 교문 앞에 군복을 입은 휴가병들이 학교를 기웃거리기도 했다. 하지만 결혼 후 10여 년간은 책을 볼 시간적 여유도 없었고, 더구나 일기를 써본 기억도 없었다.

성남시는 해마다 5월 6일이면 주부의 날 행사로 백일장 대회를 열었다. 남한산성 입구에서 백일장이 열렸다. 1992년 5월 6일 150

여 명의 주부들이 참가했다. 주제는 '함께'였다. 한쪽에 자리 잡고 앉아서 잠시 기도를 한 뒤 생각나는 대로 몇 자 적어내고 돌아왔다. 5월에 남편과 만나서 연애를 했던 기억을 더듬어, 인격적으로 예수님을 만난 이후의 삶을 적용한 내용이었다. 어디까지나 참석하는 데 의의를 둔 것이기 때문에, 조금의 부담도 없었다. 며칠 후에 교장선생님께서 직접 전화를 하셨다. '장원'을 했단다. 학교와 동네의 위신을 세웠다고 칭찬하느라 입에 침이 마르셨다. 동장님도 동장실로 직접 불러서 축하해주셨다. 상으로 받은 '고가구 원목 반닫이 한복장'을 지금도 우리 집 보물로 소장하고 있다.

이 행사는 '한국문인협회 성남지부'에서 주관하고 진행을 맡았다. 회장이신 소설가 김건중 선생은 상을 받은 이들을 한 사람씩 찾아다니면서 계속하여 글쓰기를 권유하셨다. 그러나 나는 '어쩌다 실수로 장원을 한 것이 아닐까?' 솔직히 믿겨지지 않았다. 그러면서 은근히 나를 테스트 해 보고 싶은 마음이 생겼다. 한 달 쯤 후에 성남도서관에서 열리는 독후감 대회가 있었다. 심사위원들이 문인협회 회장님과 회원들이라는 사실을 알고, 딸의 이름으로 독후감을 제출했다. 이번에도 대상을 받았다.

성남 문인협회를 세우고, 이끌어 가고 있는 김건중 회장의 끈질긴 설득에 감동을 받았다. 처음에는 내가 너무 부족해서 함께할 엄두도 못 내었다. 결국 문협 문예대학에서 공부를 하면서 습작을 시작했다. 성남문협은 옛날 보건소 건물 한 칸을 임대하여 쓰고 있었다. 10여 평이 채 안 되는 공간을 사무실 겸, 회의실과 강의실로 사용하며, 책이 출간되면 책을 쌓아놓는 창고가 되기도 했다. 너무 열악한 환경이었다. 모든 제반 비용도 자체적으로 해결해야 했다. 이후 7년 동안 사무국 일을 맡았다. 1997년 등단을 하고 문학시대 동인 활동도 했다. 시집 '홀로 한 사랑'과 다수의 동인지를 발표했다. 지금은 문학시대 동인과 한국문인협회 회원으로, 국제 PEN 회원으로, 성남문협 부회장으로 활동을 하고 있다.

내가 노래로 하나님의 이름을 찬송하며 감사함으로 하나님을 위대하시다 하리니 이것이 소 곧 뿔과 굽이 있는 황소를 드림보다 여호와를 더욱 기쁘시게 함이 될 것이라(시편 69:30~31)

찬양사역자가 되다

딸이 초등학교 5학년 때다. 반장 어머니로 구성된 전교 임원 학부모 회의에 참석하였다가 거기서 한두 번 만난 학부모에게서 전화가 왔다. 전화를 받자, 목소리가 왜 그러느냐고 놀라서 묻는다. 나는 감기가 심하게 걸려서 말을 잘 할 수가 없었다. 어릴 때부터 기관지가 약해서 옆 동네에 찬바람이 불면, 나는 벌써 열이 나고 앓아누웠다. 그 분은 전화한 용건도 잊은 채, 잘 알지도 못하는 나에게 "당신, 사명 있어서 아픈 것 아니냐"라고 묻는다. 뭐라 대답할 말을 찾지 못하고 있는 내게, 그녀는 당장 자기를 따라서 기도원에 가자고 한다. 그길로 싸매고 누웠던 자리를 박차고 일어났다.

나는 어려서부터 노래를 잘 불렀다고 한다. 어른들이 노래하라고 시키면, 쟁반이라도 엎어 놓고 그 위에 올라가서 노래를 불렀다. 중학교 때 함께 다니던 은희(일본 선교사)라는 친구는 매일 하굣길 10리를 걸어오는 동안, 당시 유행하던 대중가요 제목을 대면서, 내게 노래를 불러 달라고 주문을 했다.

고등학교 때 가정 과목을 맡은 정순녀 선생님께서는 한국 가곡을 무척 사랑하신 분이다. 해마다 가을에 열리는 '가곡의 밤'을 꼭 관람하러 가신다고 하셨다. 선생님은 내가 가곡을 한 곡 불러야만 수업을 진행하셨다. 반드시 음대에 진학하라고 진로도 정해주셨다. 소풍이나 수학여행을 가면 으레 마이크는 내 차지가 되었다. 그러나 어머니가 돌아가시고 서울로 이사를 오면서 내 꿈도 특기도 흐릿해져 버리고 말았다.

선택의 여지도 없고 망설임도 없이 무엇에 홀린 듯, 옆 동에 사는 그분을 따라 모리아산기도원으로 갔다. 찬양선교단에 오디션을 보러 간 것이었다. 1996년 봄, 그렇게 찬양사역이 시작되었다. 주영광찬양선교단이었다. 똑같이 모자를 쓰고 옷을 맞춰 입었다. 매일 모여서 기도하고 연습하며 전국으로 찬양 집회를 다녔다. 45인승 버스에 악기를 싣고 10여 명의 단원들이 함께 다녔다. 때로는 강원도 정선 오지까지 집회를 갔다가 밤에 산길에서 안개에 갇힌 적도 있었다.

1년에 몇 차례씩 외국집회도 다녔다. 제법 유명세가 붙어선지, 웬만한 연예인 못지않은 인기를 얻었다. 처음 해 본 단체생활이라, 팀으로 하나가 되기까지 좌충우돌 우여곡절이 많았다. 우리 팀은 국내의 큼지막한 기독교 행사에는 거의 빠짐없이 초청되었다. 집회를 다니면서 많은 목사님들을 만났다. 그중에는 신학교 교수와 총

장도 계셨다. 이구동성으로 내게 신학을 하라고 권하셨다. 어떤
분은 임의로 자기네 신학교에 등록을 해놓았다.

찬양단을 떠나서 공부를 했다. 그냥 공부하는 것이 좋아서였다.
신학교에서 신학과 교회음악(성악)을 공부한 것 외에 일반대학에서
아동복지학과 경영정보학을 공부했다. 서예도 하고, 그림도 그리
고, 도자기도 만들고, 분당여성합창단 창단 멤버로도 활동 했다.
시를 쓰고 등단하여 문단 활동도 했다. 그럼에도 늘 2% 부족한 느
낌이었다. 어느 날 중3 딸아이를 데리고 캐나다로 훌쩍 떠났다. 명
분은 딸의 영어 연수를 위한 것이었지만 내심 돌아오지 않으리라
는 계산을 깔고 나선 걸음이었다. 몇 개월 후 친척들이 살고 있는
미국으로 가려고 마음먹었다.

문제가 생겼다. 나는 미국 비자가 있는데, 딸은 비자가 없어서 다
시 한국으로 돌아와야 했다. 딸의 비자가 나오지 않아서 그대로
눌러 앉아 있을 수밖에 없었다. 이후에도 몇 번의 탈출을 시도했
으나, 하나님은 늘 제자리로 돌아오게 하셨다. 총회장님이자 담임
목사님께서 목사안수를 받으라고 하셨다. 난 펄쩍 뛰었다. 그러자
총회장님은 "어디까지 도망가나 보자"라고 하셨다. 그전부터 남편
도 자기 일이 잘 안 풀리거나 문제가 생기면, 내가 순종 안 해서 그
렇다고 했다. 나는 새벽기도에 얽매이는 것도 힘들고, 사람들과 부

대끼는 것도 싫었다. 단 한 번도 목사가 되겠다는 생각을 해 본적이 없었다. 목회는 더욱 꿈도 꾼 적이 없었다.

한동안 떠났던 찬양단으로 돌아와서 보니 많은 변화가 있었다. 전임 단장이 나를 붙들고, 찬양단 이름만이라도 가지고 있어 달라고 부탁을 해서 2대 단장이 되었다. 사실 단원들이 다 떠나간 상태였다. 전임 단장과 둘이서, 그 집 아들과 내 딸 그리고 찬양에 달란트가 있는 몇 명의 청년들을 모집하여 찬양사역 팀을 새롭게 꾸려 나갔다. 당시 교도소에서 출소한 청년이 색소폰을 불고, 미국 여배우 브룩 쉴즈를 닮은 노은희라는 친구가 드럼을 쳤다. 딸은 건반을 치고, SBS드라마 '아내의 유혹' OST를 불러 유명세를 탄 차수경이 보컬을 맡았었다. 노랑머리를 한 20대 초반의 젊은 친구들이 찬양을 하니 인기가 대단했다.

'PPP십자가 대행진'의 일정은 40kg의 십자가를 메고 부산에서 출발하여 국내 주요 도시의 시가지를 행진하며 판문점과 평양을 거쳐 미국 오렌지카운티까지 이어질 예정이었다. 2001년 8월 9일 임진각에서 열린 'PPP 남북평화통일과 화해를 위한 십자가대행진' 행사에는 지미 카터 전 미국 대통령을 비롯한 국내외 의원과 성도 등 1천200여 명이 참석했다. 행사는 임진각에서 통일문화축전에 이어 개회 예배가 열렸고 민통선 도라산 전망대로 자리를 옮겨 2

부 행사인 예배와 평화통일음악회가 펼쳐졌다. 나는 이날 도라산 전망대에서 특송을 맡아 '하나님 이 나라와 민족을 축복하소서'로 시작되는 '축복송'에 통일의 염원을 담아 기도하는 마음으로 찬양을 했다.

10월 서울에서는 '한일십자가 대행진'이 시작되었다. 일본인 야쿠자 출신 '미션바라바'의 주인공 8명을 한국에 초청했다. 종로 파고다공원 앞에서 출발하여 장충체육관까지 십자가를 메고 시가행진을 하는 일정이었다. 앞에서는 그들이 십자가를 지고, 우리 찬양단은 윙바디 트럭에 악기를 싣고 함께 행진을 했다. 이날 나는 성○○ 목사 홍 목사와 함께 찬양인도를 했다.

"십자가 군병들아 주 위해 일어나" 목청껏 외치듯 찬송을 부르며 동대문 시장 쪽을 행진했다. 길거리의 상인들과 시민들이 함께 찬양하며 환호했다. 대한민국 건국 이래 찬송을 부르며 시가행진을 하는 건 처음이라고 모두가 감격해 했다. 지금도 간혹 그때를 생각하면 가슴이 벅차오른다.

목회를 하면서 이전에 활동하던 시니어 멤버들과 다시 합류하여 함께 사역을 하게 되었다. 지금은 나를 비롯하여 단원들 대부분이 목회자가 되었다. 요즘엔 코로나19로 인하여 예배가 제한되고 하늘길마저 막혔다. 예전 같지는 않지만 지금까지도 30여 년이 되도록 팀을 유지하며 간간히 집회를 다닌다. 주님 다시 오실 때까지 찬양하겠다고 다짐해 본다.

> 무릇 내 이름으로 일컫는 자 곧 내가 내 영광을 위하여 창조한
> 자를 오게 하라 그들을 내가 지었고 만들었느니라 이 백성은 내
> 가 나를 위하여 지었나니 나의 찬송을 부르게 하려 함이니라
>
> (이사야 43:7, 21)

21일 금식

밀레니엄 새천년을 바라보던 어느 해 봄날이었다.

찬양사역을 같이하던 홍 목사님과 함께 평소에 알고 지내던 장
○○ 목사님을 만났다. 그분은 강남에서 목회를 하신다. 우리를 만
나자마자 당신이 금식했던 이야기를 늘어놓았다. 본인은 금식기도
후에 대단한 변화가 있었노라고 우리에게도 금식을 하라고 했다.
처음에는 장난 같기도 하고 평소에 그다지 친분관계가 있는 사이
도 아닌지라, 그냥 귀 너머로 듣고 헤어졌다.

며칠 후 어떤 모임에서 우연히 그 목사님과 다시 마주치게 되었
다. 금식 이야기를 또 꺼내며 우리에게 꼭 금식을 하라고 강권했
다. 홍 목사님과 나는 그 자리를 모면하기 위해 알겠다고 했다. 하
지만 장 목사님은 우리를 그냥 놓아주지 않았다. 그분의 교회 근
처까지 우리를 데리고 가더니, 또 금식 이야기로 열변을 토하는 것
이다. 홍 목사님에게는 40일 금식을, 내게는 21일 금식을 선포하고
선 각서를 쓰고 가라고 했다. 어처구니없는 제안이었지만, 밤늦은
시간이라 빨리 집에 가야겠다는 생각으로 마음의 다짐 없이 장난
(?) 삼아 각서를 써 주고 왔다.

당시 내 몸무게는 40kg 전후였다. 툭하면 빈혈과 저혈압으로 쓰러지기가 일쑤였다. 3일 금식도 어렵게 겨우 서너 번 했을 뿐이다. 때문에 장기 금식은 한 번도 생각해보질 않았다. 그런데 이상한 것은 그날 이후 예배를 드릴 때마다 장기 금식을 하겠다고 썼던 각서가 목에 걸린 가시처럼 자꾸만 생각이 났다. 처음에는 상대방의 일방적인 강요에 못 이겨 응했을 뿐인데, 시간이 갈수록 금식 서약에 대한 부담감이 커져만 갔다.

더 이상 미룰 수 없었다. 남편에게는 "나 죽으러 갑니다." 하고 대충 보따리를 싸서 홍 목사님을 따라 충남 당진에 있는 금식기도원으로 갔다. 기도원에 등록을 하고 방을 배정받았다. 하루에 세 번씩 이어지는 예배에 참석을 하며 금식을 시작했다.

매일 예배드리고 낮에 잠시 산에 올라가서 소풍 온 것 같은 기분도 내면서 지내고 있었다. 신기한 것은 일주일이 지났는데도 배가 고프지 않았다. 14일째 되던 날, 낮 예배 시간에 특송을 하게 되었다. 맨 뒷자리에서 강단 앞으로 걸어 나가는데, 그 거리가 십 리나 되는 듯하였다. 배는 고프지 않았지만 다리에 힘이 없었던 것이다. 찬양을 하고 나니 사람들이 금식하는 거 맞느냐고 묻는다. 목소리가 너무 우렁차서 금식하는 사람 같지 않다고 했다.

나 혼자 금식하는 걸 안쓰럽게 여긴 홍 목사님이 자기도 같이 하겠다고 짐을 싸 들고 왔다. 한데 금식 2일째를 맞던 날 갑자기 배가 아프다고 난리가 났다. 금식을 도와주러 온 게 아니라, 도리어 방해가 되었다. 힘들어하는 홍 목사님을 집으로 보내고 혼자 남아 금식 3주째를 맞았다.

나는 평소에 위가 좋지 않아 밥을 먹으면 늘 체하고 배가 아팠다. 거기다 혈압이 낮아(60-40mmhg) 툭하면 정신을 잃고 쓰러지기 일쑤였다. 저급 체력으로 인해 고통을 이겨내는 힘이 현저히 떨어졌던 것이다. 그런 상태에서 21일 금식을 작정하고 3주째가 되어가자, 속에서 쓴물이 올라오기 시작했다. 물도 마실 수가 없었다. 하루에 몇 번씩 토하면서 물도 못 마시니 몸의 수분이 빠져서 머리가 깨질 듯이 아팠다. 평소에도 비위가 약한 편이었는데, 금식을 하니 코가 더 예민해져서 온 세상의 냄새는 모두 악취로 느껴졌다. 그때 죄에도 냄새가 있다는 걸 알았다. 사람에게서 나는 냄새가 가장 역겨웠다. 그래도 이를 악물고 참아내고 있었다. 20일이 되던 날 남편에게 전화해서 나를 데리러 오라고 했다. 도저히 견딜 수 없어서 집에 와서 하루를 채웠다. 너무 힘들어서 아무런 기도도 할 수가 없었다. 어쨌든 21일 금식을 해냈다는 안도감이 밀려왔다.

금식을 끝내고 나서 한 달간 보호식을 했다. 사실은 무서워서 밥을 못 먹었다. 출산한 산모처럼 머리카락이 한 움큼씩 빠지고 온몸의 뼈마디가 다 쑤시고 아팠다. 얼마 후 국회의원회관 대강당에서 행사가 있었다. 미리 잡아놓은 스케줄이어서 드레스를 입고 찬양을 하는데 내가 봐도 허수아비 같았다. 44사이즈의 옷이 너무 커서 헐렁거렸다. 속 모르는 사람들은 내게 무슨 살을 그렇게 뺐느냐고 뭐라 했다.

평소에 알고 지내던 김 목사님에게서 만나자는 전화가 왔다. 운전을 하고 약속장소로 갔다. 스틱을 잡은 손이 부서지게 아팠다. 한참 이야기를 하며 점심을 먹다보니, 나는 밥 한 공기를 3분의 2나 먹고 있었다. 평소에 나의 식성을 알고 있던 그 목사님은 밥을 잘 먹는 나를 보고 놀라워했다. 이전에는 뭘 먹어도 소화도 안 되고 살도 찌지 않아서 늘 힘들었다. 그래서 우리 가족의 기도제목은 '엄마가 건강하게 해주세요.'였다.

21일 금식 이후 하나님은 나의 위장병을 고쳐주셨다. 밥도 잘 먹게 돼서 한 달 반 만에 체중이 8kg 늘었다. 덕분에 교회 개척 후 새벽기도부터 밤늦게까지 쉬지 않고 일해도 넉넉히 감당할 만한 체력을 갖게 됐다. 내 힘으로는 도저히 불가능한 일이지만, 죽기를 각오하고 시작하니 하나님께서 붙들어 주셨다. 이후로는 어떤 문제를 만나도 겁날 게 없었다. 하나님은 모든 것이 합력하여 선을 이루게 하시는 분이다.

여호와께서 말씀하시되 이는 힘으로 되지 아니하며 능으로 되지 아니하고 오직 나의 신으로 되느니라(스가랴 4:6)

울 곳이 필요해요

아버지를 보내고 나는 몇 년 동안 고장 난 수도꼭지를 달고 다녔다.

집에서는 큰 소리로 울 수도 없고 기도도 맘껏 할 수가 없었다. 이웃에 민폐가 될까 봐 신경이 쓰여서다.

"하나님! 울 곳이 필요해요."

며칠 후 집 앞 골목에 못 보던 간판이 눈에 띄었다. '○○영성원' 이름이 생소했다. 조심스럽게 건물 안으로 들어가니, 지하실 입구에 예배 안내판이 붙어 있었다. 지하실 문은 굳게 잠겨 있었다. 매일 오전 오후에 들러도 여전히 문은 닫혀 있었다. 도대체 어떤 곳인지 궁금했다.

혹시나 하는 마음에 또 지하실 문을 두드렸다. 인기척이 들렸다. 잠시 후 단아한 미모의 여성이 문을 열어주었다. 가볍게 인사를 나눈 뒤 '한 달 전부터 간판만 켜진 채 문이 닫혀있더라'고 하니, 오늘 개원예배를 드렸다고 한다. 찬양 인도자를 구하지 못해 늦어졌다고 했다.

"찬양인도자 여기 있어요."

오랜 기다림의 목마름에 기도의 응답인 듯 반가운 마음으로 나도 모르게 손바닥으로 가슴을 두드리며 내가 찬양인도자라고 했다.

"그렇구나! 하나님께서 다 예비하셨는데, 내가 믿음이 없었네요. 제가 여기 원장입니다."

도심 속에 있는 일종의 작은 기도원이었다. 문정동에 본원이 있는데, 어느 날 분당에 영성원을 또 하나 세우라는 하나님의 감동이 있어서 이곳에 오게 되었노라고 하셨다.

나는 첫날부터 찬양인도를 하면서 밤마다 기도의 단을 쌓았다. 남편도 함께 따라 왔다. 지하실이라 습기가 많아서 이틀 사흘이 멀다 하고 전구가 나갔다. 남편은 퇴근 후 곧장 영성원에 들렀다. 전구를 갈아 끼우고 마이크 시스템 점검과 화장실 청소 등 예배드릴 준비를 해 놓는다. 그리고 집에 와서 저녁식사를 마친 뒤 밤 9시 영성원으로 가서 기도하는 생활을 이어갔다.

남편은 집사 때부터 작은 교회를 섬기다 보니, 교회가 이사 할 때마다 퇴근 후 혼자서 강단을 손수 만들어 봉헌했다. 정금교회를 시작으로 지금까지 9번째로 강단을 만든 셈이다. 이제는 달인이 되었다.

그동안 여러 교회를 섬기면서 우리는 바울의 전도사역을 위해

목이라도 내놓을 정도로 헌신했던 브리스가와 아굴라 부부(롬16:3)를 롤 모델 삼아 최선을 다했다. 영성원에서도 누가 시킨 것도 아니건만 시간 맞춰 간판 스위치를 켜는 일부터 청소까지 내 일처럼 맡아서 했다. 집안 청소도 제대로 안 해 본 내가 스팀 청소기를 사서 손수 바닥청소를 하다 보면, 눈물인지 땀인지 뚝뚝 떨어지는 물방울을 닦아 내고 또 닦아야 했다.

"하나님! 제가 그렇게 좋으세요? 아버지마저 데려가시니 이젠 친정에 의지할 만한 사람이 아무도 없어요. 나는 언제까지 이렇게 울면서 기도만 하고 살아야 해요?"

나는 20대 중반부터 기도원을 쫓아다녔다. 집에서 편하게 잠도 제대로 못자고, 40kg이 안 되는 몸으로 툭하면 금식을 했다. 게다가 남들처럼 놀아보지도 못했는데, 갈수록 삶이 힘들고 어려운 일만 생겼다. 주변머리도 없는 데다 쓸데없는 자존심에 평생 누구에게 돈을 빌리거나 외상 거래를 해본 적도 없다. 그러고 보면 하나님께서 체면 유지는 시켜주신 셈이다. 아무리 돌아 봐도 의지할 만한 사람하나 없고 남편은 언젠가부터 하는 일마다 되는 게 없으니, 끝이 안 보이는 터널을 가고 있는 것 같았다.

하나님께서는 시편146편으로 응답하셨다.
'할렐루야 내 영혼아 여호와를 찬양하라 나의 생전에 여호와를 찬양하며 나의 평생에 내 하나님을 찬송하리로다 방백들을 의지하지 말며 도울 힘이 없는 인생도 의지하지 말지니 그 호흡이 끊어지면 흙으로 돌아가서 당일에 그 도모가 소멸하리로다 야곱의 하나님으로 자기 도움을 삼으며 여호와 자기 하나님에게 그 소망을 두는 자는 복이 있도다 여호와는 천지와 바다와 그 중의 만물을 지으시며 영원히 진실함을 지키시며 압박당하는 자를 위하여 공의로 판단하시며 주린 자에게 식물을 주시는 자시로다 여호와께서 갇힌 자를 해방하시며 여호와께서 소경의 눈을 여시며 여호와께서 비굴한 자를 일으키시며 여호와께서 의인을 사랑하시며 여호와께서 객을 보호하시며 고아와 과부를 붙드시고 악인의 길은 굽게 하시는도다 시온아 여호와 네 하나님은 영원히 대대에 통치하시리로다 할렐루야'

이곳 영성원에서 기도생활을 해 온 지 3년이 되어가던 어느 날, 하나님께서 환상을 보여주셨다. 내가 원장님처럼 강단 위에 앉아서 기도하는 모습이었다. 얼마 후 오래전부터 알고 지내던 차 목사님께서 내게 교회를 맡아달라고 전화를 하셨다. 그전에도 몇 번의 시도가 있었지만 나는 전도사나 목사는 절대로 안 한다고 했다. 매이는 것도 싫고 새벽기도 하는 것도 힘들어서 이대로 찬양사역만 하겠다고 했다. 하지만 차 목사님은 막무가내로 통사정을 하는 것이었다. 분당 원주민인 나밖에 교회를 살릴 사람이 없다는 것이다.

그동안 신학교를 떠나지 않고 계속 공부를 한 것이 '이때를 위함이 아닌가' 하는 생각이 들었다. 나는 일단 알겠다고 승낙을 했다.

마침 내가 속한 교단에 목사 안수식이 계획돼 있어서 함께 안수를 받았다.

> 네 하나님 여호와께서 이 사십 년 동안에 너로 광야의 길을 걷게 하신 것을 기억하라 이는 너를 낮추시며 너를 시험하사 네 마음이 어떠한지 그 명령을 지키는지 아니 지키는지 알려 하심이라 너를 낮추시며 너로 주리게 하시며 또 너도 알지 못하며 네 열조도 알지 못하던 만나를 네게 먹이신 것은 사람이 떡으로만 사는 것이 아니요 여호와의 입에서 나오는 모든 말씀으로 사는 줄을 너로 알게 하려 하심이니라(신명기 8:2~3)

교회 설립

2008년 6월 15일 찬양의샘교회 설립예배를 드렸다.

한 달 전 5월 분당에서 이사를 왔다. 신도시가 조성되기 전부터 살던 분당생활을 접고 태재고개를 넘어 오포 능평리로 거처를 옮긴 것이다. 교회를 세우려고 온 것은 아니다. 사실은 가진 돈을 다 소진하고 더 이상 분당생활을 버텨낼 여지가 없어서 도심을 벗어난 이곳 시골 마을로 이사를 온 것이다.

전에 살던 집 월세를 제대로 지불하지 못해 보증금마저 얼마 남지 않으니 주인이 집을 빼라고 했다. 그때 마침 남편 거래처에서 1천만 원이 들어왔다. 그동안 남편은 아무리 열심히 일을 해도 이런저런 이유로 좀체 돈이 들어오지 않았다. 이사 결정을 내리고 난 뒤에 돈이 생긴 것이다. 오포 신현리에 소재한 H아파트에 1년 치 선월세를 내고 계약을 했다. 남편은 계속 돈이 들어올 거라면서 그동안 고생했으니 아파트에 가서 편하게 살자고 했다. 사람이 영 죽으라는 법은 없다며 아이들도 무척 좋아했다. 이사할 날을 기다리며 짐 정리를 하였다. 어지간한 것은 다 버렸다. 이사할 날이 2주

앞으로 다가왔을 즈음, 남편이 심각한 얼굴로 퇴근을 했다. 그쪽에 사정이 생겨서 이사를 못 가게 되었다고 한다.

우리가 살던 집은 이미 내놓은 상태인데 이사를 못 가게 되었으니, 남편에게 짐이라도 갖다 놓을 곳을 찾아보라고 했다. 남편은 어디에 빈 창고가 하나 있는데, 가서 보겠느냐고 물었다. 나는 퉁명스럽게 지금 우리형편에 이것저것 따지게 생겼느냐며 따라나섰다. 분당 열병합발전소를 지나 낯선 길로 들어섰다. 남편이 차를 세운 곳은 조금 한적한 시골의 작은 개울이 흐르는 2차선 도로변 3층 건물 앞이었다. 2층으로 안내한 남편을 따라 출입문을 열고 들어간 나는 헛웃음이 나왔다. 남편은 분명 창고라고 했는데, 내 눈엔 영락없는 교회건물 구조였다.

널찍한 거실에 앉아서 나는 감사기도를 드렸다. 그동안 아파트를 경매로 빼앗기고 좁은 집에서 복작거리며 살다가 이곳에 오니, 실평수가 70평쯤 되는 넓은 상가 2층의 방이 4칸에 복도 건너편 거실은 내 눈에 운동장으로 보였다. 거실 전면이 온통 유리로 앞산의 경치가 한눈에 다 들어왔다.

"하나님! 저를 여기 보내려고 그동안 뺑뺑이 돌리셨어요?"

마침 타 교단 목사님께서 건물을 사셨다가 되파는 과정에서 우리에게 보증금 1천만 원에 50만 원의 월세로 계약을 해 주셨다. 2

년이나 비어 있던 터라 약간의 수리와 도배를 해야 했다.

지난해 분당 구미동 교회를 수리해서 그냥 넘겨주고 난 후, 거의 1년 동안 집에서 가족끼리 예배를 드려왔었다. 예배실로 사용할 거실은 내 손으로 청소를 하고 싶었다. 대걸레로 닦고 세척하기를 몇 번이나 하고 나니, 옆구리가 당기고 현기증이 났다. 집으로 돌아오는 길에 약국에 들러 몸살 약을 사 먹고 잠이 들었다.

두어 시간쯤 지나 갑자기 배가 틀어 올라 잠에서 깼다. 배를 움켜쥐고 화장실에 들어서다가 정신을 잃고 쓰러졌다. 이상한 소리를 듣고 나온 남편이 화장실 바닥에 쓰러진 나를 발견했다. 나는 타일 바닥에 떨어지면서 뒤통수에는 주먹크기만 한 혹이 생겼다. 이삿날이 두 주 앞인데 꼼짝도 할 수가 없었다.

둘째를 낳은 후로부터 특별한 원인도 모르는 채 몸이 조금만 힘들어도 정신을 잃고 쓰러지는 일이 잦았다. 덕분에 남편에게는 내가 안 보이거나 작은 소리에도 민감하게 화장실로 뛰어와 문을 두드리는 습관이 생겼다. 오죽하면 "이 사람 때문에 내 속이 시커멓게 다 탔다."라고 농담 삼아 한마디씩 한다.

지금까지도 그래 왔듯이 이번에도 남편 혼자서 이사준비를 했다. 이삿날 아침 나는 아이들의 부축을 받아서 이사한 집 계단으로 올라갔다. 문을 열고 들어선 나는 두 눈이 휘둥그레졌다.

"오! 하나님 감사합니다."

지난번 살던 집에서 오래된 살림살이를 다 버렸다. 가전제품이 한두 푼 하는 게 아니어서 내심 걱정을 했다. 우선 주방에 들어서니 양문형 냉장고와 스틱형 김치냉장고가 있고, 드럼세탁기가 놓여 있었다. 각 방엔 컴퓨터와 책상, 침대가 배치돼 있었다.

"언제 이렇게 다 준비했어요?"

"하나님께서 하셨습니다."

아무리 생각해 봐도 내가 목사가 된다거나 교회를 개척한다는 것이 낯설기만 했다. 아니 상상조차 해 본 적이 없다.

어느 늦은 밤 TV를 켰는데, 외국인 남자 주인공이 회사에서 돌아와 자기만의 기도실에 앉아서 기도하는 모습을 보게 됐다. 그 모습이 부러워서 '하나님! 내게도 기도골방 좀 주세요.' 하고 기도한 적이 있었다. 또한 좁은 거실에서 예배를 드리면서 '좀 넓은 예배실이 있었으면' 하는 생각을 종종하긴 했다.

이사 후 지방에 있는 어느 교회의 설립예배에 다녀오는 길이었다. 총회장님, 부총회장님과 함께 차를 타고 오는 길에 이사했다는 말씀을 드렸다. 집에까지 태워다 주시겠다고 오셔선 두 분이 "하나님께서 교회하라고 이곳에 보내셨는데 뭐하고 있느냐"라고 하셨다. 그렇게 준비하고 한 달 후 100여 명이 모여 교회 설립예배를 드렸다. 여호와 이레 하나님은 나의 의견이나 간섭을 일체 배제시키시고 완벽하게 교회개척을 준비시켜 주셨다. 매 주일마다 감격의 눈물로 예배를 드렸다.

> 여호와께서 환난 날에 나를 그 초막 속에 비밀히 지키시고 그 장막 은밀한 곳에 나를 숨기시며 바위 위에 높이 두시리로다 이제 내 머리가 나를 두른 내 원수 위에 들리리니 내가 그 장막에서 즐거운 제사를 드리겠고 노래하여 여호와를 찬송하리로다
>
> (시편 27:5~6)

천황봉에서

　교회를 개척한 이듬해 봄. 온 누리에 한바탕 꽃 잔치가 끝나고, 봄비를 흠뻑 머금은 나무들이 진한 초록빛을 띠며 생장에 열을 올리고 있을 즈음이었다. 전에 함께 기도모임을 가졌던 팀에서 산 기도를 가자고 연락이 왔다. 행선지는 월출산이었다. 몇 주 전부터 계획을 하고 날을 잡았는데, 그날 아침 일기예보는 남부지방에 태풍의 영향으로 폭우가 내린다는 것이다. 하지만 우리는 예정대로 움직이기로 했다.

　6명으로 구성된 '민족중보기도' 팀은 성남 분당에서 오전 8시에 봉고차를 타고 출발했다. 전남 강진이 고향인 서 목사님은 평소에 월출산에서 기도를 자주 하신다고 했다. 하여 청일점인 서 목사님의 안내로 강진에서 점심을 먹고, 병영에 있는 하멜 기념관도 잠시 들렀다. 우리나라를 서양에 알린 최초의 사람이다. 한데 여름 장맛비처럼 웬 비가 그리 쉬지 않고 내리던지. 4월 말경의 온화한 기후 탓에 안개까지 뭉글뭉글 피어오르고 있었다. 그냥 돌아가야 하나? 의견이 분분했다. 운전대를 잡은 내가 여기까지 왔으니 일단 가보자고 밀어붙였다.

영암국립공원 관리사무소 입구에 '입산금지' 안내판이 세워져 있다. 비가 오면 바위가 미끄러워 낙상사고의 위험 때문에 등산을 막는 것이었다. '아! 주님 어떡해요?' 속으로 기도를 하면서 천천히 주차장 쪽으로 들어가는데, 관리소 직원이 다른 쪽을 바라보면서 전화를 받고 있는 것이다. 나는 주저하지 않고 차를 몰아 절터 입구까지 들어갔다. 오후 3시, 차를 세우고 등산을 위한 완전무장을 하고 설레는 마음으로 산에 오르기 시작했다.

월출산은 전라남도 영암군과 강진군에 걸쳐있는 산이다. 1973년 1월 29일자에 도립공원으로, 1988년 6월 11일엔 국립공원으로 지정되었다. 월출산(月出山)이라는 이름은 '달이 뜨는 산'이라는 의미를 담고 있다. 가장 높은 봉우리는 천황봉(약 809m)이고 구정봉, 사자봉, 도갑봉, 주거봉 등 깎아지른 듯한 기암절벽이 장관을 이룬다. 56.1㎢의 면적에 암석 노출지와 급경사 계곡이 많아 생태계가 유지되기 어려운 조건이라는데, 식물 약 700종, 동물 약 800종이 풍부하게 서식하고 있다. 이곳 월출산은 난대림과 온대림이 혼재하고 있는 데다, 오랜 세월 암석(화강암)지형에 적응해온 생태적인 독특성까지 지니고 있는 곳으로 알려져 있다.

(출처: 위키백과)

서 목사님은 안내를 위해 앞장을 섰다. 여섯 명은 한 줄로 나란히 등산을 시작했다. 팀원들은 주로 40대 중후반의 여성들이다. 평소에 간간이 산 기도를 다니는 사람도 있지만, 나를 포함해서 대다수는 운동과 담을 쌓고 사는 이들이었다. 시작부터 만만치 않았다. 비가 온 뒤라 날씨가 을씨년스러웠다. 몇 사람은 오리털 파카를 입은 채 산에 올랐다. 그렇게 등산코스에서 우리는 물이 흐르는 작은 계곡을 건너고 바위를 기어오르고….

태풍의 영향으로 내리던 비가 점차 잦아들더니, 어느새 비는 그치고 있었다. 하지만 길과 바위가 젖어 있는 상태라 등산이 쉽지는 않았다. 바위에 오를 땐 네 발로 기어오르고 지팡이를 짚고 산에 오르다 보니, 비에 젖은 건지 땀에 젖은 건지 오리털 파카에서 물이 흘러내리고 있었다.

산중턱에 이르렀을 즈음, 작은 새 한 마리를 만났다. 이름 모를 작은 새 한 마리가 우리 일행 선두에서 종종걸음으로 길을 안내해 준다. 양쪽으로 길이 갈라지는 지점까지 왔다. 이정표를 바라보며 어느 쪽으로 가야 할지 망설이고 있을 때, 작은 새가 오른쪽 길로 우리 일행을 안내했다. 우리는 하나님께서 천사를 보내어 길을 안내해 준 것이라 믿으며 다 함께 감사의 찬양을 불렀다.

뒤처진 사람들이 힘들다고 아우성이다. 하나 나는 안내자를 놓칠세라 열심히 뒤따라 올라가고 있었다. 등산을 시작한지 두어 시간쯤 지나자 '통천문'이란 곳이 나타났다. 아마도 정상이 가까운 모양이다. 바위를 세워서 문 모양을 만든 것이었다. 글자대로라면 하늘로 통하는 문이라는 뜻이다. 두 사람이 같이 들어갈 수 없고, 혼자라도 짐을 가지고 갈 수 없다 겨우 한 사람이 통과할 수 있는 문이었다.

통천문을 지나면서 많은 생각이 들었다. 이 세상을 떠날 때에도 이처럼 아무것도 가지고 갈 수 없는데, 우리는 이 땅에서 천년만년 살 것처럼 쌓고 또 쌓는다. 그것도 모자라 늘 안달을 하며 산다. 천국으로 들어갈 때에도 이 세상 것은 하나도 가지고 갈 수 없다는 것을 다시 한번 깨닫게 해주었다.

뒤따라오던 사람들이 점점 힘들어 하고 있었다. 그런데 나는 통천문을 지나자마자 새 힘이 생겼다. 뭔가 회오리바람 같은 것이 나를 휘감아서 이끌고 가는 느낌이었다. 이미 내 걸음걸이는 날아가고 있는 듯했다. 안내자도 필요치 않았다. 그렇게 얼마를 달리듯 올라가니 마침내 정상이 눈앞에 펼쳐져 있었다. 정상에 오르는 한 걸음을 내딛기 직전, 나는 회개의 눈물을 흘렸다. 마치 하나님 앞에 나아가는 죄인처럼 회개하는 마음으로 무릎을 꿇었다.

"주님 나는 죄인입니다. 주님의 보혈로 내 죄를 씻어 주옵소서."

천황봉 제단이었다. 사람의 손으로 깎지 않은 작은 몽돌을 가져다 만든 천황봉 제단에 엎드려서 다시 기도를 했다. 잠시 후 일행들이 도착하는 소리가 들렸다.

"태양을 봐요! 저 태양 좀 보세요!"

갑자기 일행 중 한 명이 소리를 질렀다.

해가 길지 않은 4월이었고, 오후 6시를 지난 시간이었다. 더구나 비온 뒤의 날씨인데, 머리위에서 구름을 뚫고 저 높은 하늘의 해가 우리를 향해 달려오는 것이다. 6번이나 떨리면서 달려오는 태양을 보았다. 우리를 반겨주는 하나님의 사인인 것 같았다.

여호수아가 아모리 사람과 전쟁을 할 때 태양이 머물고 달이 그쳤던 것처럼.

우리는 둥글게 서서 맞잡은 손을 높이 들고 다 같이 하나님을 찬양하며 기도했다. '주님! 이 나라와 이 민족을 악의 세력에서 영원히 지켜 주옵소서. 우리의 자유와 평화를 위해, 이 땅의 민주주의를 위해, 한국 교회를 위해 목숨을 바친 신앙의 선배들이 흘린 피가 헛되지 않게 하옵소서. 우리의 기도를 들어주시옵소서.'

해발 809m 정상의 기온은 평지보다 많이 낮았다. 15분쯤 지나자 손이 시려서 견딜 수가 없었다. 우리가 기도의 손을 내리자 태양도 사라졌다.

산 정상은 지면보다 해가 빨리 진다. 우리는 서둘러 산을 내려가기로 했다. 해는 졌지만 길은 환하게 빛나고 있었다. 하나님께서 우리의 가는 길을 비춰 주시는 듯했다. 30분쯤 내려오다가 서 목사님께서 컵라면을 먹고 가자고 했다. 한편에서는 더 어둡기 전에 서둘러 길을 가자고 하다가 모두 지치고 힘들어서 길가에 주저앉아 컵라면을 먹었다. 라면을 먹고 나니 길이 사라졌다. 준비해 간 랜턴을 켜서 길을 찾아 내려오기 시작했다. 한 치 앞도 보이지 않는 산속을 걷자니, 무서움이 엄습했다. 서로 내색은 안했으나, 모두가 비슷한 심경이었던 듯싶다.

외줄로 서서 길을 더듬어 찾아 내려오는데, 서 목사님은 길을 안내하기 위해 앞장을 섰다. 서로 앞다투어 내려가기 시작했다. 기도할 땐 용사 같았는데, 밤길을 내려올 땐 모두 겁쟁이가 돼 있었다. 칠흑 같은 어둠 속에서 희미한 랜턴 하나에 의지하여 험난하고 위태로운 밤길을 걷는 하산의 행렬! 나는 자원하여 맨 뒤쪽을 지키면서 내려 왔다. 두려움이 엄습해 올 때마다 시편 23편을 소리 내어 암송하며 '예수의 이름으로 명한다. 두려움은 물러가라. 썩 물러가라.' 속으로 외쳤다. 주님의 도우심을 구하는 기도의 끈을 좀체 놓을 수가 없었다.

나는 큰 소리로 찬송을 불렀다. 앞에 가는 사람들을 안심시키고 내 스스로도 두려움을 떨치기 위해서다. 앞 사람들도 더러는 따라 부르기도 했다. 계곡의 바위를 타고 내려오는 길은 미끄러워서 더욱 긴장을 해야 했다. 산에 오를 때보다 하산할 때가 훨씬 더 힘들다는 걸 온몸으로 체험했다.

무사히 하산을 하고 나서 모두 한 마디씩 한다.

"하나님께서 김미선 목사님을 민족의 지도자로 세우신답니다."

숙소에 도착하니 밤 12시가 넘었다.

파김치가 된 몸이지만 천황봉에서 태양으로 반겨주셨던 하나님의 은혜와 감동에 젖어 한동안 잠을 이루지 못했다.

> 내가 네게 명한 것이 아니냐 마음을 강하게 하고 담대히 하라 두려워 말며 놀라지 말라 네가 어디로 가든지 네 하나님 여호와가 너와 함께 하느니라 하시니라 (여호수아 1:9)

영적 전쟁

나는 가끔 불면증에 시달릴 때가 있다. 이런저런 잡생각이 많아서 일까. 수면에 들지 못해 애로를 겪을 때가 한 두 번이 아니다.

처음 개척한 교회가 큰길 옆에 있었다. 늦은 밤 버스가 지나가면 건물이 통째로 흔들리는 듯했다. 새벽기도는 오전 5시 반에 시작한다. 일찍 일어나야하는 부담감에 늘 조바심을 내다가 밤 12시가 한참 지나서 버스가 끊긴 시간쯤 겨우 잠이 들곤 했다.

"똑똑똑똑 바라바라……."

꿈인가 하여 뒤척이며 다시 잠을 청하는데, 분명 꿈이 아니라 생시에 들리는 소리였다. 내 청력이 유난스럽긴 하지만 산 너머에 있는 절에서 불경 외는 소리가 이 먼 곳까지 이리도 정확하게 들리는가 싶었다. '사방이 너무 고요하여 1㎞도 더 떨어진 절간의 목탁 소리와 염불 소리가 바람을 타고 여기까지 들리는구나.' 하고 다시 누웠다. 한데 자세히 들어보니 그 소리는 바로 내 방 위에서 들리는 것이었다.

"당신도 들었어요?"

"무슨 소리요?"

새벽기도 시간에 맞춰 울린 알람소리에 잠이 깬 남편에게 물으니 아무 소리도 못 들었다고 한다. 혹시 내가 잘못 들은 건 아닌지 귀를 의심하면서도, 그 분명하게 들리던 그 불경 외는 소리가 귓전을 맴도는 것이다. 다음날 새벽에도 같은 시각에 여지없이 그 소리가 들렸다. 남편도 깨어서 같이 듣더니, 틀림없이 위층에서 나는 소리라고 했다.

이사 오던 첫날 밤 꿈을 꾸었다. 온 동네 사람들이 교회 뒤 공터에 하얀 천막을 치고 잔치를 벌이고 있었다. 나는 창가에 서서 북 치고 꽹과리를 치며 잔치하는 광경을 바라보고 있었다. 자세히 보니 나를 쫓아내려고 잔치를 벌여 사람들을 불러 모은 것이었다. 나를 발견한 그들은 이내 창문으로 달려들더니, 나를 끌어내려고 안간힘을 썼다.

꿈에서 깬 후 하나님께 감사의 기도를 드렸다.

"주님! 어둠의 마귀 세력들이 나를 알아보네요."

우리교회가 있는 동네 이름이 원래는 '용상골'이었다한다. 마을 사람들의 전언에 의하면 용이 똬리를 틀고 있는 형상이라 해서 붙여진 이름이라고 했다. 처음엔 몰랐는데, 이런 어두운 음(陰)의 기운 때문일까. 동네 한 가운데 자리한 우리 교회 창문으로 보이는 곳에 점집, 무당집, 굿당이 즐비했다. 골목 어귀의 버스 정류장마다 7개의 점집이 있었다. 심지어 우리 교회 위집은 대처승이었던 남자가 혼자 살고 있었다. 어느 날엔 밤12시가 지난 시간에 젊은 아가씨들을 데리고 왔다. 무슨 일을 벌이는지 쿵쾅거리며 뛰고 소리를 지르는 바람에 한숨도 못 자는 날이 허다했다. 교회 간판에 불이 켜지자 영적 전쟁을 걸어온 것이다.

하나님께서는 나를 오랜 세월동안 구국기도원으로, 산으로, 영성원으로 보내서 훈련을 시키시더니 이젠 마귀의 소굴로 보내셨다. 우리 가족과 성도들에게 '예수 이름의 권세'를 선포하며 함께 전쟁에 참여할 것을 독려했다.

"내가 만왕의 왕이신 예수 그리스도의 이름으로 명하노니, 더러운 귀신들은 다 떠나가라!"

눈만 뜨면 '예수' 이름으로 선포했다. 운전을 하거나 길을 가면서도 쉬지 않고 명령했다. 아이들도 무당집을 보면 '예수 이름으로 떠나가라'라고 기도한다고 했다.

그때부터 저녁기도회를 시작하여 매일 밤마다 혼자서 집회를 인도했다. 하루는 작정하고 교회와 가장 가까운 무당집을 찾아갔는데 문이 잠겨 있었다. 그 무당이 나와 비슷한 연배라는 소문에 불쌍한 마음이 들어서 전도하러 간 것이었다. 그 후로도 몇 번을 갔는데 한 번도 만나지 못했다. 어느 날 무당집, 점집들이 하나둘 없어지더니, 얼마 지나지 않아 하나도 남김없이 사라졌다. 윗집 아저씨도 소리 없이 이사를 가고 없었다. 하나님께서 동네 청소하라고 나를 이곳에 보내신 것이다.

수도권에 위치한 웬만한 번화가를 지나다보면 십자가가 촘촘히 서있는데, 이 동네는 지금도 다른 교회가 없다.

내가 너희에게 뱀과 전갈을 밟으며 원수의 모든 능력을 제어할 권세를 주었으니 너희를 해할 자가 결단코 없으리라

(누가복음 10:19)

대단한 기도발

교회를 개척하고 설립예배를 드린 지 몇 개월이 지났다. 그동안 많은 훈련을 충분히 거쳐 왔다고 생각했다. 하나 담임 목회자가 되어 교회의 모든 예배를 인도하는 것이 목회 초년생에게는 여간 버거운 일이 아니었다. 온종일 설교 준비만 해도 시간이 모자랐다. 다른 일에는 신경 쓸 겨를이 전혀 없었다.

집안의 장손인 나는 시댁의 맏며느리이기도 하다. 작고하신 시아버님과 친정아버지 대신 집안의 대소사를 남편과 내가 늘 챙겨야 했다.

내 동생 미영에게 "시아버지께서 병원에 입원해 계시다."라는 소리를 들었다. '한 번은 병문안을 가야지' 하는 생각을 했지만 선뜻 나서지지 않았다. 차일피일 미루다가 한 해를 넘기기 전에 다녀오리라 마음먹고 찬바람에 두 볼이 꽁꽁 얼어붙어가는 어느 날 택시를 타고 성남중앙병원으로 갔다. 사실 인사치례보다는 복음을 전해야겠다는 생각이 간절해서다.

미영에게 병원에서 만나자고 전화를 했다. 동생은 둘째를 임신

중이었다. 중환자실 면회가 12시어서 시간 맞춰 도착했다. 교회를 다니지 않는 미영이가 내게 부탁을 한다.

"언니! 우리 시아버지에게 절대로 예수 믿으란 말 하면 안 돼! 우리 아버님은 절도 교회도 아주 싫어하시거든 이런 거 딱 질색하셔."

"알았어."

면회시간이 되었다. 사돈어른은 불과 몇 년 전 미영이 결혼식 땐 젊고 건강해 보였었다. 오랜 병원 생활로 무척이나 수척해진 모습으로 중환자실에 누워있는 걸 보니 마음이 아팠다. 서로 인사를 하고 있는데 간병인이 동생에게 매점에 가서 기저귀를 사오라고 한다. 때마침 점심 식사가 나왔다. 어르신의 이가 없어서 미음이었다. 내가 식사 시중을 들어줘야 했다. 미음을 수저로 떠서 먹여 드렸는데 미음조차도 쉽게 넘기질 못했다. 그런 환자를 그냥 보고만 앉아 있을 수가 없었다. 미음을 한 숟갈 다시 떠서 입에 넣어 드리며 말을 걸었다.

"사돈어르신! 저 알아보시겠어요? 미영이 언니예요."

안다고 고개를 끄덕이신다.

"저는 목사입니다. 제가 사돈 어르신을 위해 기도해 드리고 싶습니다. 제가 기도하면 많은 병자들이 낫는 것을 보았습니다. 사돈어른께서도 나을 수 있습니다. 아들 며느리 효도도 받으시고 손자 손녀 재롱도 보셔야죠? 제가 기도해 드릴까요?"

고개를 끄덕 거리며 "예, 예." 하는 것이다.

나는 얼마 남지 않은 면회 시간에 반드시 복음을 전해야 했다.

"예수님은 하나님이시고 그는 우리 죄를 대신해서 십자가를 지셨으며, 우리를 영원히 살리기 위해서 죽은 지 사흘 만에 사망을 이기고 부활하셨다. 당신도 그 예수를 믿으면 영원히 죽지 않고 살 수 있다."라고 복음을 전했다. 그분은 눈물을 흘린다.

"사돈어르신 제가 기도할 테니 '아멘' 하세요."

고개를 끄덕거린다. 나는 얼른 사돈어른의 손을 잡고 기도를 시작했다.

"사랑이 많으신 하나님 아버지! ○○○, 당신의 아들이 평생 살면서 하나님을 모르고 지은 죄를 용서하여 주옵소서. 우리를 위해 죽으신 예수님. 그 십자가에서 흘린 피로 이 아들을 씻어 주시고 온전케 하시고 살려 주시옵소서."

어르신은 눈물을 흘리면서 "아멘! 아멘!" 하신다. 그때 동생이 기저귀를 사가지고 왔다.

"언니! 우리 아버님 왜 이래? 어떻게 된 거야?"

"하나님이 하신 일이야."

면회 시간이 끝나고 집으로 돌아왔다. 집에 돌아 와서도 계속 기도를 멈출 수가 없었다. 환자에게 가서 세례를 주고 싶은 마음이 불일 듯 일었다.

　다음 날 다시 병원으로 갔다. 동생과 만나서 면회 시간에 맞춰 병실로 들어섰는데 환자가 없다. 순간 가슴이 덜컹 내려앉았다. 조심스레 간호사에게 물었다.

　"여기 ○○○ 환자분 어디 갔습니까?"

　"투석 하러 갔어요."

　미영이 시아버지는 치아도 다 빠져서 없고, 혈관이 심하게 가늘어져서 그동안 투석도 할 수 없었다. 사실상 치료를 포기한 상태였다. 한데 기도하고 하루 만에 기적이 일어난 것이다. 지하에 있는 신장투석실로 내려갔다. 입구에 있는 안내 데스크에 가서 작은 소리로 물었다.

　"여기 혹시 ○○○ 환자분 계세요?

　"나 여기 있다."

　목소리에 힘이 있었다. 당신을 찾는 소리를 듣고 큰소리로 대답을 하신 것이다. 간호사의 지시에 따라 밖에서 기다리고 있었다. 얼마 후 엘리베이터 문이 열리고 이동식 침대를 밀고 오던 아저씨가 "시간 좀 드릴까요?" 묻는다. 고맙다고 인사를 하고 복도 한쪽에서 기도를 했다. 환자는 어제처럼 또 눈물을 흘리면서 "아멘! 아멘!" 했다. 성부와 성자와 성령의 이름으로 세례를 베풀었다.

집에 돌아와서도 계속 기도하게 하셨다.

"며칠 후엔 설이 돌아옵니다. ○○○ 환자가 이제는 다 나아서 신장투석도 하지 않고 건강한 모습으로 집에 돌아와 가족들과 함께 설을 쇠게 하여 주옵소서!"

며칠 후에 동생에게서 전화가 왔다.

"언니 기도발 장난 아니다. 우리 시아버지 다 나아서 집에 오셨어. 이제 투석도 안 해도 된대."

전능하신 하나님께서는 지금도 일하신다.

예수께서 온 갈릴리에 두루 다니사 그들의 회당에서 가르치시며 천국 복음을 전파하시며 백성 중의 모든 병과 모든 약한 것을 고치시니 그의 소문이 온 수리아에 퍼진지라 사람들이 모든 앓는 자 곧 각종 병에 걸려서 고통당하는 자, 귀신 들린 자, 간질 하는 자, 중풍병자들을 데려오니 그들을 고치시더라

(마태복음 4장 23~24)

폭풍우 속에서

2017년 6월 하순, 제주에서 열리는 부흥집회에 초청을 받았다. 내가 속해 있는 찬양 팀이 첫 시간인 월요일 저녁부터 찬양인도와 특송을 맡았다.

나는 부흥회 반주자로 딸을 데리고 갔다. 오후 4시 비행기를 예약했기 때문에, 2시쯤 김포공항에 도착을 하였다. 그날따라 공항은 사람들로 북적거렸다. 무슨 일인가 싶어, 안내데스크 직원에게 물었다. 아침부터 제주로 가는 비행기가 결항이 되었다는 것이다.

분당에서 공항버스를 타고 갈 땐 날씨가 약간 흐린 정도여서, 별걱정 없이 일행들과 공항에서 모이기로 했다. 공항에 도착할 무렵 약간의 빗방울이 떨어졌다. 단원들도 속속 도착했다. 한 여고생에게 어디서 왔느냐고 물었더니, 수학여행을 가기 위해 강원도에서 차를 타고 왔노라고 했다. 2014년 4월 16일 인천에서 출발하여 제주도를 향해 가던 여객선 세월호가 침몰한 사건 이후, 제주도 수학여행 교통편은 거의 비행기로 바뀌었다고 한다. 여기저기서 떠드는 아이들의 재잘거림과 웃음소리로 공항청사 안은 무척이나 소란스러웠다.

태풍이 올라오고 있어서 아침부터 제주공항이 폐쇄되었다는 안내방송이 고장 난 축음기를 켠 듯 반복되고 있었다. 2~3시 사이에 출발하는 비행기도 전부 결항이다. 나는 대합실의 소음공해를 피해 한쪽에 자리를 잡고 앉았다. 특송을 위해 챙겨온 우클렐레를 꺼내어 연습 삼아 '예수 전하세'를 연주하면서 속으로 간절한 기도를 드렸다.

"천지만물의 주인이신 하나님! 우리는 제주도에 여행을 가려고 이곳에 온 것이 아니라, 하나님께 예배하기 위해서 왔습니다. 오늘 저녁부터 예정된 집회에 꼭 참석하여 우리가 맡은 사명을 감당하게 하옵소서."

얼마나 지났을까, 순간 귀를 의심하였다. 일행들을 돌아보니 서로 고개를 갸우뚱하였다. '오후 4시 출발 제주항공 비행기 탑승객은 탑승구로 나오라'고 한다. 그동안 집으로 돌아가자는 의견도 있었지만, 조금만 더 기다려보자 하고 각자 나름대로 기도하였던 것이다. 시간은 20분쯤 늦춰졌지만, 우리는 저녁집회를 위해 하나님께서 우리를 보내신 거라 믿고 저마다 감사하며 탑승을 하였다.

비행기는 순조롭게 이륙하여 출발 30분을 지나고 있었다. 갑자기 기내방송이 흘러 나왔다. "자리에 착석하여 안전벨트를 꼭 매주세요." 기체가 흔들리기 시작하였다. 여기저기서 아이들의 울음소리가 들리고, 비명소리가 들렸다. 처음에는 약간 흔들리던 기체가 좌우 위아래로 흔들리다가 뚝 떨어지기를 반복하는 것이었다.

오래전 나는 미국 시애틀공항에서 캐나다 밴쿠버공항까지 경비행기를 타고 몇 번 다녀본 경험이 있다. 그때 태평양 연안을 지날 때 기체가 많이 흔들려서 놀란 가슴을 쓸어내리곤 하였다.

옆 좌석에 앉은 딸이 많이 놀란 것 같아 손을 잡고 기도를 하였다. 기체는 더 심하게 요동을 친다. 이젠 너나할 것 없이 우는 사람, 소리를 지르는 사람 등 아비규환이다. 나의 기도는 누가 듣거나 말거나 통성기도로 변했다.

"아버지! 그동안 주님의 일을 한다고 하면서 잘못한 것 있으면 다 용서해주세요. 풍랑을 잠잠케 하신 예수님…. 어린 딸을 데리고 왔는데, 어떻게 해요? 저는 죽어도 좋으나 아이는 살려주세요. 이 비행기 안에는 450명이나 타고 있어요. 한 생명을 천하보다 귀하게 여기시는 하나님, 우리를 지켜주세요. 잘못했어요. 잘못했어요. 용서해주세요. 살려주세요. 살려주세요."

나중에는 기도가 절규로, 그다음엔 울음으로 바뀌었다. 평생 할 회개를 그날 다 한 것 같다.

기내방송이 들린다.

"우리 비행기는 잠시 후에 제주공항에 착륙합니다."

"할렐루야! 아버지 감사합니다."

얼마나 소리를 지르며 기도했는지, 눈물 콧물로 얼룩진 화장들을 고치느라 모두가 분주한 손길이다. 옆 사람들과 손을 잡고 사선을 함께 넘은 전우의 심정으로 인사를 나누었다. 김포에서 제주까지 평상시에는 한 시간이 채 안 되는 거리이다. 그날 나와 승객들은 한 시간 반에 걸쳐 폭풍우와 사투를 벌이며 조종을 한 기장에게 아낌없는 박수갈채를 보냈다.

제주공항은 한산했다. 우리가 탄 비행기가 그날은 처음이자 마지막이라고 했다. 마중 나온 기도원 원목 목사님은, 혹시나 해서 그냥 나와 본 것인데, 이 폭풍우에 어떻게 비행기가 왔느냐고 물으면서 '말도 안 된다'고 연신 감탄을 하셨다.

예정된 시간에 맞추어 도착한 우리는 악기 세팅을 마친 뒤 찬양 인도를 하고 감격스러운 예배를 드릴 수 있었다. 그날 밤 우리가 제주 기도원에 도착한 시간부터 시간당 800ml의 비가 내렸다는 뉴스를 들었다.

할렐루야 여호와의 이름을 찬송하라 여호와의 종들아 찬송하라 여호와의 집 우리 여호와의 성전 곧 우리 하나님의 성전 뜰에

서 있는 너희여 여호와를 찬송하라 여호와는 선하시며 그의 이
름이 아름다우니 그의 이름을 찬양하라 여호와께서 자기를 위하
여 야곱 곧 이스라엘을 자기의 특별한 소유로 택하셨음이로다 내
가 알거니와 여호와께서는 위대하시며 우리 주는 모든 신들보다
위대하시도다 여호와께서 그가 기뻐하시는 모든 일을 천지와 바
다와 모든 깊은 데서 다 행하셨도다 안개를 땅 끝에서 일으키시
며 비를 위하여 번개를 만드시며 바람을 그 곳간에서 내시는도다

(시편 135:1~7)

시간의 주인

화순에 사시는 고모부께서 편찮으시단 연락이 왔다. 폐렴으로 대학병원에 입원을 하셨단다. 마른체구였지만 건강하게 70 평생을 살아오셨다. "법 없이도 산다."라는 말을 듣고 사신 분이다. 젊어서는 재건중학교 교사로 봉직하셨고, 여수 해운항만청 간부로도 계셨다. 사우디아라비아에 파견근무도 다녀오셨다. 독자로서 형제자매가 없는지라, 처가 식구들을 살뜰히 챙기셨다. 처조카인 내게도 무척 인자하고 다정하신 분이다. 딸 다섯에 끝으로 아들을 보셨다. 자식들을 위해서라면 집이든, 평생 모은 재산이든, 그 어떤 것도 아끼지 않으셨다.

내 아버지의 손아래 동생인 고모는 전형적인 현모양처시다. 오직 남편과 자식들을 끔찍이 챙기셨다. 고모의 큰딸 '정희'는 나와 함께 초등학교를 다녔다. 3학년 때쯤 여수로 이사를 간 후로는 자주 만나지 못했지만, 어릴 때 한 동네에 같이 자라서 친자매 같은 끈끈한 정이 있다. 고모네 집은 45년을 '일명 남묘호렌게쿄'를 믿었다. 고모부께서도 신심이 대단하셨다. 현관 앞에 작은 신전을 모셔놓고, 들어가며 나가며 절을 올리는 것을 본 적이 있다. 하루에 몇 시간씩 시간을 정해서 주문을 외우기도 하셨다. 셋째 딸이 청주에서 사는데, 혼자 예수를 믿는다. 그동안에도 가족구원을 위해 자주 금식기도를 하며, 목사인 내게도 기도부탁을 자주 하였다. 출산 후유증으로 한쪽 시력을 잃은 보화는 아버지의 입원소식에 더욱 간절히 기도부탁을 해왔다.

아침 일찍 경기도 광주에서 출발해, 위례 신도시에 사시는 작은 아버지를 모시고 전남대 병원으로 갔다. 12시 30분에 중환자실 면회시간이 정해져있기에, 서둘러 달려갔다. 정확히 낮 12시 20분에 도착했다. 가족들이 모여 있는 곳으로 가서 보니, 면회시간이 끝났다는 것이다.

"아직 12시 반이 안 되었는데 무슨 소리냐?"

작은아버지께서 황당한 표정으로 물으셨다. 병원 사정상 중환자실 면회시간을 1시간 앞당겼다고 한다. 우리는 '서울에서 화순까지 면회시간에 맞춰 왔는데, 면회가 안 되면 이곳에서 하룻밤을 보내야 하는 상황'이라며 담당자에게 사정을 말하고, 면회를 부탁했다. 그러나 가족 한 사람만 면회를 허락한다는 것이다.

결국 셋째 딸과 작은아버지께서 들어가기로 했다. 나는 천금 같은 기회를 놓칠세라 얼른 따라 들어갔다. 간호사도 별 말이 없다.

산소 호흡기에 의존해서 가쁜 숨을 쉬고 있는 고모부의 손을 잡으니, 반가워서 눈물을 흘리신다. 짧은 인사를 나눈 뒤 '나는 목사이니 고모부를 위해서 기도해드리고 싶다.'고 했다. 기도해도 되느냐고 물으니 고개를 끄덕이신다. 건강하셨다면 턱도 없는 일이었다.

"신은 오직 하나님 한 분이시며, 예수 그리스도를 믿으면 영원히 죽지 않습니다…"

나는 요한복음(요11:25~26)을 인용해 복음을 전했다. 기도할 테니 믿으시면 "아멘" 하시라고 고모부의 가슴에 손을 얹고 기도를 했다. 고모부께서는 눈물을 흘리며 연신 고개를 끄덕이신다. 중환자실의 다른 환자들과 간호사들이 우리를 쳐다보았다.

정상적인 면회시간이었다면 어림도 없는 일이었다. "외아들이 목사라도 인연을 끊으면 끊었지, 예수는 안 믿겠다."라던 고모의 반대로 입도 뻥긋 못하고 돌아올 뻔하였다. 천지만물의 주인이신 하나님께서는 대학병원 중환자실 면회시간까지 바꾸셔서 복음을 전하게 하셨다. 얼마 후 고모부는 돌아가셨지만, 몇 년이 지난 지금, 온 가족이 예수를 믿어 열심히 교회에서 봉사하고 있다.

여호와는 광대하시니 극진히 찬양할 것이요 모든 신보다 경외할 것임이여 만방의 모든 신은 헛것이요 여호와께서는 하늘을 지으셨음이로다(시편 96:4~5)

21세기 한·미 요셉운동

21세기 요셉운동은 미국이민 1.5세대들부터 한국식 가정교육과 미국식 학교교육, 다민족 다문화의 환경 속에서 혼란스럽고 흔들리기 쉬운 학생과 청년에게 요셉과 같이 오직 하나님의 말씀에 의한 신앙관 조국관 효도관 이성관 물질관 등의 가치관을 굳게 세워 현실을 극복하고 꿈을 이루도록 하는 영적 청년부흥운동이다. 하나님의 축복을 받은 청년지도자를 양육하고자 1998년 1월 24일 미국동부 메릴랜드(MD) 워싱턴 큰무리교회(나광삼 목사)에서 시작되었다.

'New Vision! New Leader! 하나님께 묻고 가는 새 사람!'이라는 주제를 가지고 '믿음의 양자 삼기' 운동을 벌였다. 각 교회별로 어른들이 청소년과 청년들을 위해 1년 동안 물심양면으로 후원하고 기도하는 내용이다. 이들을 요셉과 같은 지도자로 세울 수 있는 방침을 마련한 것이다. 폭발적인 뜨거운 반응으로 점차 미 동부 지역으로 확산되었다. 그 여세를 몰아 2001년7월23부터 수동기도원(이태희 목사)을 기점으로 한국에서도 여름수련회기간동안 '한·미

요셉운동' 사역을 하게 되었다.

미국대표는 워싱턴 나광삼 목사(큰무리교회), 한국대표는 권태진 목사(군포제일교회), 국제총무는 미국 LA 김다니엘 목사(예장 합동 GMS, OMTC 원장, US선교 사관학교장)가 맡고, 나는 한국 총무를 맡았다. 대표인 나광삼 목사와 국제총무인 김다니엘 목사 두 분은 미국에 사시는 관계로 한국의 모임과 행사는 총무 겸 간사인 내가 전달을 받고 심부름을 했다.

요즘처럼 인터넷이나 SNS가 발달되어 있지도 않았다. 강사 섭외와 각 교회의 협조와 청소년들의 인원 동원 등은 대표인 나 목사님께서 일일이 국제전화로 지시를 하셨다. 나는 이곳에서 명단을 받은 교회 목사님들께 전화하여 대표님의 의사를 전달하거나, 신문 광고 게재를 위한 사진을 회수하기 위해 직접 교회를 찾아다니며 발품을 팔아야 했다. 행사를 앞두고 미국에서 두 분 목사님께서 방문하시면, 새벽부터 운전기사도 자처했다.

대표인 나광삼 목사님은 미국에서 가장 부흥회를 많이 인도하시는 부흥사로 꼽힌다. 이민가시기 전에 경기도 안양에서 목회를 하셨다. 그런 연고로 한국에 인맥이 넓으셨다. 나 목사님과는 믿음 안에서 한 가족으로 지내시는 군포제일교회 권태진 목사님께서 한국 대표를 맡아 온 교회가 물심양면으로 함께함으로 한국 21세기 한·미요셉운동이 열매를 맺게 되었다.

목포 주안장로교회 모상련 목사님이 나 목사님의 제자였고, 육군 제1사단 17포병대대 반석교회 김수연 목사가 주일학생이었다고 한다. 한 교회에서 대를 이어 목사가 되어 '한·미 요셉운동'을 이끌어 나갔다.

마석 '수동 기도원'에서 처음 시작된 '한·미 요셉운동'은 주로 서울 경기도 권에서 1천2백여 명의 청소년·청년들이(17세~30세) 모였다. 3박4일 동안 사회 각 분야에서 인정받은 실업인, 국회의원, 예술인 등 30여 명의 크리스천 리더를 강사로 초청했다. 청소년·청년들에게 요셉의 비전을 제시하고 기독교인의 가치관을 확립시키자는 취지의 이 행사는 예상했던 것 이상으로 큰 호응을 얻었다.

2차부터는 제주선교센터를 비롯해서 곡성 다니엘기도원, 해남, 원주 등 전국을 돌며 사역을 펼쳤다. 지금은 반석교회의 김수연 목사가 '장병 요셉운동'으로 군 선교 방향으로 바통을 이어가고 있다. 군대는 황금어장이다. 청년들에게 복음을 전하러 갈 때마다 군선교의 중요성을 느낀다. 하여 김수연 목사의 부름에 반주자인 딸 지현이와 함께 언제 어느 곳이든지 기꺼이 달려간다. 또한 우리교회에서는 개척 이후 지금까지 매월 마지막 주일을 '선교헌신주일'로

정하여 선교사들을 위해 기도하며 군선교를 위해서도 미력이나마 꾸준히 장병요셉운동에 협력을 하고 있다. 나는 '한·미 요셉운동'을 통해 또 하나의 가족을 얻었다.

청년이 무엇으로 그 행실을 깨끗케 하리이까 주의 말씀을 따라 삼갈 것이니이다 내가 전심으로 주를 찾았사오니 주의 계명에서 떠나지 말게 하소서 내가 주께 범죄치 아니하려 하여 주의 말씀을 내 마음에 두었나이다(시편 119:9-11)

인도 선교

　내가 속해 있는 CTS기도운동협의회는 인도를 방문했다. 인도 기독교계와 연합해 미전도 종주국에서 주로 경험하는 이들의 영적 목마름을 해결해 주기 위함이다. 이번 선교 팀은 회원 목회자들과 성령의능력교회 성도 44명으로 구성됐다. 우리가 방문한 목적지는 인도 남부 오리사주에 위치한 제이포르다. 황량한 벌판 가운데 '2016 성령의 능력 축제'를 위한 천막 무대가 마련됐다.

　CTS기도운동협의회와 인도 OMM교단과 공동으로 준비한 이 사역은 대표회장 김재선 목사를 주강사로 모셔 제이포르와 바무니, 그리고 자그달푸르에서 집회가 진행됐다. 세계를 품고 복음을 전하기 위해 준비한 본 협의회의 해외 첫 번째 사역으로, 기독교 핍박으로 어려움을 겪고 있는 인도 오리사주로 사역지가 결정됐다. 인도의 기독인들에게 한국교회 부흥의 노하우를 전하고 기도의 힘과 능력을 나눔으로써, 어렵게 신앙생활을 이어가는 기독인들에게 하나님의 사랑을 전하고자 모두 기쁜 마음으로 사역에 동참했다.

사실 나는 출발 전날까지 짐을 싸지 못했다. 3주 전부터 독감에 폐렴까지 앓고 있었기 때문이다. 폐렴은 조금 호전이 됐지만 설상가상으로 급성 관절염이 왔다. 손가락 마디에서 발가락까지 쑤시고 아파서 걸음을 걷기도 힘들고 손가락을 움직이기도 힘들었다. 이미 몇 달 전에 단체로 항공편 예약을 마친 상태였다. 특송을 맡은 터라 마음이 무거웠다. '괜찮아지겠지' 기도하면서도 현실은 녹록지 않아 짐 싸는 것을 차일피일 미루어 왔다. 출발 당일 새벽까지 잠을 설치다 주섬주섬 가방을 챙겨서 약속시간인 오전 10까지 공항으로 갔다. 다른 사람들에게 민폐를 끼치지 않을까 망설이면서도, 이런 일로 주저앉으면 다음에는 아무 일도 할 수 없을 것만 같았다. 주님이 함께 하실 거란 믿음이 나를 이끌었다. 처음 가는 인도가 궁금하기도 하고 설렘도 있었다.

밤늦은 시간 인도에 첫발을 디뎠다. 저녁은 기내식으로 만족해야했다. 2월 중순인데 온수도 안 나오고, 난방도 안 되는 허름한 뒷골목 여관에서 새우잠을 청했다. 선교지에 온 것이 실감났다. 다음 날 아침, 델리 공항에서 국내선 비행기를 타고 2시간 만에 자이푸르 공항에 내렸다. 다시 버스를 갈아타고 7시간 동안 산길을 달려서 선교지에 도착하였다. 간간이 진통제를 먹으면서 통증을 이겨낸 터라, 다른 사람들은 내가 몸이 불편하다는 걸 거의 눈치채지 못했다. 계절은 아직 겨울이건만, 폴폴 흙먼지 날리는 지면엔

이글거리는 태양빛이 쏟아져 내리고 있었다.

들판 가운데 천막교회가 세워졌다. 인도는 염색기술이 발달되어 있다. 여러 가지 문양의 알록달록한 천으로, 한꺼번에 3천 명 정도의 인원을 수용할 수 있는 공간을 마련한 것이다. 집회가 시작되자 사람들이 하나 둘 모여들었다. 어린 아이를 안고 맨발로 3~4㎞의 거리를 걸어서 온 젊은 아낙들도 있었다. 어느새 천막 안에는 사람들로 가득했다. 선교 팀은 현지인들 사이사이에 들어가서 인사를 나누었다. 나도 조심스럽게 걸어서 청년들 틈으로 들어가 인사를 건넸다. 분위기가 바뀌면서 인도 특유의 빠른 찬양이 연주되자, 갑자기 옆에 있던 남자 청년들이 내 양쪽에서 손과 팔을 잡고 뛰는 것이다. 나는 발목과 무릎이 아파서 걸음을 걷는 것도 힘들었다. 아프다고 소리를 질렀으나 음악소리 탓인지, 언어소통이 안된 탓인지, 막무가내로 들고 뛰는 것이다. 흙먼지와 땀이 뒤범벅이 되어 한참을 뛰면서 찬양을 하다 보니 온몸의 통증이 사라졌다. 감사의 눈물이 땀과 함께 흘러내렸다. 나중에는 시간마다 집회실황을 녹화하는 기자들에게서 현지인들과 어울려 춤을 추며 찬양하는 모델이 되어 달라는 제의를 받을 정도였다.

오전에는 집회를 하고, 오후에는 목회자들의 영성 회복과 성경적 바른 신학교육을 위한 목회자 세미나가 진행됐다. 한국에서 찾아온 목회자의 메시지를 듣기 위해 지역교회 목회자들과 평신도들 1천여 명이 찾아왔다. 정식 신학교육을 받기 어려운 인도 목회자들은 짧은 성경 지식과 정립되지 않은 신학관 때문에 목회에 어려움을 겪고 있었다. OMM 총회장이신 패트나약 목사와 참가한 목회자들은 이번 세미나를 통해 목회에 자신감과 성령의 충만함을 얻을 수 있어, 인도 기독교의 부흥을 기대한다고 전했다. 우리 선교 팀의 후원으로, 산타 크마르바그 아펠 펠리시 교회 선교 팀은 집회를 마친 이후 참석자 전부에게 나눠줄 쌀을 준비했다. 제이포르 약 2천5백 명, 바무니 1천여 명, 자그달푸르의 참석자들에게 각각 1kg의 쌀을 선물로 나눠줬다. 저녁 집회에도 천막 안이 가득 차게 주민들이 참석했다.

현지인들이 식사 준비하는 것을 보았다. 물이 부족해서 씻지 않은 쌀로 밥을 짓고, 흙 묻은 감자를 대충 털어서 뚝뚝 잘라 카레를 만들었다. 맨밥에 멀건 카레 국물을 얹어서 먹어도, 흙이 지분거려도 맛이 있다. 밤낮의 일교차가 상당하다. 한낮에는 35℃까지 올라가고 밤에는 18℃ 아래로 떨어진다. 화장실이 불편한 건 두말할 것도 없다. 그래도 어느 한 사람 불평하는 이가 없다. 6일간의 '성령의 능력 축제'는 인도 기독인들의 하나님을 향한 간절한 믿음을 볼 수 있었다. 덕분에 우리도 열정적이고 헌신적인 신앙생활을 배우는 기회가 됐다.

집회 기간에 내게는 두 부류의 팬들이 따라다녔다. 낮에는 초등학교 5~6학년쯤 되어 보이는 어린 소녀들 15명 정도가 내 앞에 마주보고 앉았다. 인도 사람들은 얼굴색이 짙은 황갈색이다. 그들은 한국 사람을 처음 본 데다 얼굴빛이 흰 편인 나를 신기한 눈빛으로 쳐다보고 있다. 설교를 들으라고 만류해도, "so beautiful."을 연발하면서 손가락을 만지고, 손등을 문지르고, 구두를 만져보고, 드레스를 만진다.

밤 집회 시간에 찬양을 하러 무대 위로 올라가기 전, 잠깐 서서 기도를 하다가 눈을 떴다. 고개를 돌려보니, 중고등학생쯤 되어 보인 남자 아이들이 줄을 길게 서서, 차례대로 내 옆에서 사진을 찍고 있다. 날마다 집회가 끝나고도 이메일 주소와 사인을 받으려고 기다리는 무리들에게 계속 사진 모델이 되어 주었다. 같이 동행한 스텝들이 나에게 한마디씩 한다.

"목사님은 인기 많으니, 그냥 인도에서 사세요."

> 내 이름을 경외하는 너희에게는 공의로운 해가 떠올라서 치료하는 광선을 비추리니 너희가 나가서 외양간에서 나온 송아지 같이 뛰리라 (말라기 4:2)

10달러

한국으로 돌아오는 날이다. 이른 아침, 가던 길을 되짚어서 제이포르를 떠나 델리 공항에 도착했다. 국제선을 이용하려면 게이트를 나와서 직진 후 좌측으로 공항 건물 끝까지 가라고 안내원이 일러주었다. 밖으로 나가면 안 된다고 당부를 한다. 안내표지를 따라 건물 끝에 도착했다. 환승 구역으로 들어가기 전 로비에서 잠시 휴식을 취했다. 스텝진이 국내선 비행기에서 촬영 장비 등을 찾아야 하기에 기다리고 있는 것이다. 30여 분의 시간이 지나갔다. 모두가 삼삼오오 모여서 이야기꽃을 피우고 있다.

나는 어디를 가든지 습관처럼 일행을 챙기는 버릇이 몸에 배어있다. 러시아 블라디보스토크에 갔을 때다. 12명의 목회자들이 선교지를 방문하러 전국에서 선발되어 왔다. 첫날 독수리공원에 들러 잠시 머물며 주변경관을 둘러보았다. 서둘러 다음 코스로 이동하기 위해 관광버스에 올랐다. 현지에서 마중 나온 선교사님은 버스 안을 휙 둘러보고 "출발" 하는 것이다. 나는 얼른 고개를 돌려 버스 안의 인원을 파악했다. 두 사람이 안 왔다고 소리쳐서 차를 세웠다. 3분쯤 기다려서 헐레벌떡 뛰어오는 두 사람을 태우고 갔다. 충남 논산과 부산에서 오신 젊은 남자 목사님들이다. 공원에서 사진을 찍느라 일행들과 떨어진 것이다.

필리핀 마닐라에서는 한국으로 돌아오기 전날 일행 35명이 큰 몰에서 식사를 했다. 몇 분을 제외하고는 대부분 나와는 일면식도 없는, 처음 보는 얼굴들이다. 식사를 일찍 마치고 잠깐 마트에 들러 한국에 가지고 올 선물을 샀다. 마트 입구 계단에서 일행인 듯한 중년 남자가 마트로 들어가는 것을 보았다. 얼마 후 숙소로 돌아가기 위해 버스에 올랐다. 차가 출발하려는데, 아까 지나쳤던 남자가 보이지 않는다. 인솔하시는 장로님께 인원 파악을 부탁했다. 역시 한 사람이 비는 것이다. 마트에 가보라고 했더니, 아직도 쇼핑 중이더란다.

일행들에게 왜 로비에서 계속 쉬고 있는지를 물었다. 다들 모르는 눈치다. 진행을 맡은 목사님께 물으니, 목사님 한 분을 기다리는 중이라고 한다. 그분은 영어를 잘한다고 '인솔자'로 세운 분이다. 한데 혼자만 보이지 않는다. 불현 듯 조금 전 '밖으로 나가지 말라'던 안내자의 말이 뇌리를 스치는 것이다. 나는 가지고 간 달러를 다 쓰고 한국 돈 약간과 카드밖에 없었다. 옆에 있는 박 목사님께 '10불짜리 가진 것이 있느냐'고 물으니 있다고 한다. 둘이서 조용히 일행들을 빠져나와서 공항을 둘러보자고 했다. 오던 길을 되짚어 가면서 우리는 주위를 샅샅이 살폈다.

"나는 오른쪽을 볼 테니, 목사님은 왼쪽을 보세요."

델리 공항의 경계는 삼엄했다. 군인들이 실탄을 장착한 총을 들고 출입구를 지키고 있다. 중간쯤 지나다가 '인솔자' 목사님을 발견했다. 그분은 나를 보자마자, 길 잃은 미아가 엄마를 만난 듯한 표정으로 울먹인다. 역시 내 예상을 빗나가지 않았다. 선발대로 앞장서 가다가 표지판을 잘못 봐서 공항 밖으로 나갔던 것이다. 우리나라 공항은 아무나 자유롭게 드나들지만, 인도 공항은 여권과 비행기 티켓을 소지하고 군인들에게 확인을 받아야 입장이 가능하다. 다행히 어느 현지인의 도움으로 공항청사에 입장은 했지만, 일행들과 격리되어 비행기 탑승시간까지 7시간을 혼자 갇혀 있어야 한다는 것이다.

이 사람이 우리의 인솔자이니, 한 번만 선처를 해달라고 부탁을 했다. 몇 번을 말해도 공항 직원은 단호히 거절했다. 여직원이 잠간 고개를 돌리는 틈을 타서 남자 직원에게 손짓으로 '나 좀 보자'고 했다. 알아듣고 가서 기다리란다. 5분 정도 지나자, 그 직원이 우리일행이 있는 쪽으로 왔다. 두리번거리며 나를 찾는 것이다. 내가 손을 들어 아는 척을 하자 따라오라고 하며 앞장서 간다. 함께 찾으러 갔던 목사님과 그 사람을 따라 가다가 그를 불렀다. "Sir!"
순찰중인 무장 군인들이 지나간다.

"Wait. Wait."

돈을 요구하는 것이 확실하다는 생각이 들었다. 군인들이 지나
간 후 재빨리 준비해 간 10달러짜리 지폐를 돌돌 말아서 손에 쥐
어주었다. 얼른 확인을 하더니 "Thank you!" 한다.

자리로 돌아가더니 인솔자 목사님을 내보내 주며, 자기 명함을
꺼내준다. 웃으면서 나중에 무슨 일 있으면 자기를 찾아오란다.

> 대저 여호와는 지혜를 주시며 지식과 명철을 그 입에서 내심이
> 며 그는 정직한 자를 위하여 완전한 지혜를 예비하시며 행실이
> 온전한 자에게 방패가 되시나니(잠언 2:6~7)

나는 목사예요

스리랑카에 선교를 다녀오는 길이었다.

스리랑카는 남인도차이나 반도 중에서도 남쪽에 위치한 섬나라다. 유럽 대항해시대의 영향으로 영국, 포르투갈, 네덜란드의 식민 지배를 받았다. 1948년 영국으로부터 자치령으로 지정받아 실질적 독립을 이룬 후 1972년 국호를 스리랑카로 개명하고, 독립 국가의 형태를 갖췄다. 인도양의 아름다움을 지닌 천혜의 관광지로 유명했으나, 길고 험했던 내전으로 인해 기반시설이 많이 훼손된 상태라고 한다.

실론티의 본고장이기도하다. 실론은 스리랑카의 옛 이름이다, 실론티는 유럽으로 건너가, 수천 종의 가향차로 상품화되어 립톤, 트와이닝, 로네펠트, 포트넘앤메이슨, TWG, 딜마 등의 브랜드로 전 세계에 유통되고 있다.

대표적인 불교국가였지만 기독교를 받아들인 지역이 조금씩 늘고 있는 추세다. 물론 핍박도 만만치 않다고 한다. 우리가 방문한 지역은 행정수도인 콜롬보 인근의 시골 마을이었다. 내가 속해 있는 교단에서 파송한 손○○ 선교사님의 주선으로 13명의 목사님들이 체육관 전도 집회를 비롯해서 산속 마을 구석구석을 누비며 병들고 가난한 현지인들 가정을 심방했다. 어렵게 믿음생활을 하는 그들을 위로하고 선교사님의 사역을 격려해주고 돌아오는 길이었다.

인천공항까지의 비행시간이 8시간이 넘는다. 일행들은 각자의 자리에 앉아 선교지에서 지친 몸을 쉬고 있었다. 나는 20대 초반에 겪은 빙판길 사고의 후유증으로 한 자세를 취하고 오래 앉아 있지를 못한다. 더구나 이코노믹 클래스는 좌석이 좁아서 장거리 비행에는 더욱 불편하다. 하여 앞쪽 좌석에 있는 일행들을 떠나 맨 뒤쪽에 혹시나 빈자리가 있을까하여 살폈다. 마침 네 좌석이 오롯이 빈 곳이 있어 자리를 잡고 편하게 누워서 비즈니스 석 못지않은 호사를 누리고 있었다.

몇 시간이 지났을까, 시끄러운 소리에 몸을 일으켜 주변을 살폈다. 여승무원 서너 명이 술 취한 여성승객과 실랑이를 벌이는 중이었다. 못 본 체하고 다시 자리에 누웠다. 승객과 승무원들의 계속되는 실랑이에 남자 승무원이 와서 저지를 했다. 술에 취한 여성이 '자기 몸에 손대지 말라'며 더 큰소리를 지르면서 옷을 벗어 던지고 난동을 부리는 것이다. 듣고만 있을 수가 없었다. 계속 난동을 부리면 비행기가 회항하는 사태가 벌어질 수도 있기 때문이었다. '주님 도와주세요.' 속으로 기도하면서 몇 번을 망설이다가 용기를 내어 그들에게로 갔다.

승무원에게 무슨 일이냐고 물었다. 술 취한 여성이 계속 술을 달라고 해서 안 된다고 하니 시비를 걸었단다. 목사라고 신분을 밝힌 뒤, 내가 한 번 달래보겠다고 했다. 승무원들은 정말이냐며, 얼른 자리를 비켜 주었다. 40대 후반쯤 되어 보이는 그 여성은 키가 나보다 한 뼘이나 더 컸고 덩치도 있었다. 얼굴이 한국인과 비슷해 보여서 혹시 한국인인지 물었다. 표정을 보니 한국말을 못 알아듣는 것이다. 우리나라를 거쳐 일본으로 가는 승객이라고 했다.

그녀의 손을 잡고 최대한 다정하게 말을 걸었다.
"I'm Pastor. What's the matter?"
조금 전까지 옷을 벗으며 소리를 지르던 여자는 얼떨떨한 표정으로 멈추어 섰다. 조심스레 그녀의 팔짱을 끼고 기내 뒤쪽 승무원들이 쉬는 공간으로 데리고 가서 자리에 앉혔다. 그녀에게 내가 목사라는 사실을 다시 주지시킨 뒤, 기도해 줄 테니, 너의 힘든 문제를 말해보라고 했다. 조금 전까지 성난 망아지처럼 길길이 날뛰던 그녀는 갑자기 순한 양이 되어 말없이 나를 바라본다. 그녀의 아픔이 무엇인지 성령께서 알게 하셨다.

"Jesus loves you."

나는 그녀를 꼭 안은 채 조용한 목소리로 기도했다. 금세 그녀의 코고는 소리가 들렸다. 승무원과 함께 그녀를 눕혀놓고 나오는데, 다른 승무원이 과자와 오렌지주스 한 컵을 가지고 왔다. 몇 명의 승무원이 내게 와서 고맙다고 인사를 한다.

 너의 평생에 너를 능히 당할 자 없으리니 내가 모세와 함께 있
 던 것같이 너와 함께 있을 것임이라 내가 너를 떠나지 아니하며
 버리지 아니하리니(여호수아 1:5)

그녀에게 내가 목사라는 사실을 다시 주지시킨 뒤,
'기도해 줄 테니 너의 힘든 문제를 말해보라'고 했다.
조금 전까지 성난 망아지처럼 길길이 날뛰던
그녀는 갑자기 순한 양이 되어 말없이 나를 바라본다.
그녀의 아픔이 무엇인지 성령께서 알게 하셨다.

깃발을 꽂다

깡패 보스가 되다

"목사님! 목사님!"

"무슨 일이세요?"

"나 월급 탔어요."

탕탕 문 두드리는 소리에 신발도 제대로 신지 못하고 예배당 문
을 열었다. 조 집사님이셨다. 예배 드리는 날도 아닌데, 월급을 탔
다며 하나님께 먼저 십일조를 드리러 오셨다고 한다.

교회개척 초기 어느 주일, 체격이 좋은 신사 분이 예배에 참석했
다. 근엄한 태도로 예배를 드린 후 점심식사를 같이 하자는 권유
에 함께 식사를 했다. 오후 예배드리기 전 잠깐 쉬는 시간에 피아
노 앞에 앉더니, 찬송가 '나 같은 죄인 살리신' 곡을 멋들어지게 연
주를 하신다. 모두가 깜짝 놀라서 박수를 쳤다. 연주 실력이 보통
이 아닌 것을 보고 무슨 일을 하시는 분이냐고 물었더니 '백수'라
고 하신다. 그날 이후 매주 주일예배마다 떡두꺼비 같은 손바닥을
치면서 우렁찬 목소리로 찬송을 불렀다. 뿐만 아니라 어느 날엔
색소폰을 들고 와서 특별 연주를 하신다. 여러모로 다재다능한 분

이시다.

밤마다 은사 집회를 할 땐 성령 체험도 했다. 진동이 오면 앞에 있는 의자를 흔들어서 넘어뜨리고 주변이 초토화됐다. 이 죄인을 용서해 달라고 날마다 울면서 기도를 한다. 예배 때마다 맨 앞자리에 앉아서 열심히 손뼉 치며 찬송을 부르니 인도하는 목사도 힘이 났다. 하지만 성도들 중에는 아침부터 손뼉을 크게 쳐서 시끄럽다고 못마땅해 하는 사람도 있었다. 어느 여집사님은 대놓고 못마땅한 기색을 드러냈다. 개중에는 아침부터 손뼉 치는 것이 부끄러워서 교회를 떠나겠다는 사람도 있었다. 목회자인 내 입장에서는 성도가 은혜 받아서 기쁨으로 예배 드리는데 뭐가 문제가 되나 싶어 별로 개의치 않았다. 목사에겐 은혜를 사모하며 성령으로 충만한 한 사람이 더 소중했다.

조 집사님은 젊은 시절 전라남도 신안군의 어느 섬에서 교편생활을 하셨다. 그러다 친구의 전화 한 통화에 모든 것을 다 버리고 상경해서 조폭집단에 들어갔다고 한다. 이후 가정도 팽개치고 조직생활을 했다. '명동파 부두목'이었다고 한다. 평생 누구의 간섭도 받지 않고 한량처럼 사신 분이다.

바로 밑에 동생이 형사였는데, 본인은 범죄자 신분으로 평생 쫓기는 삶을 살았다고 한다. 그러던 어느 날 형사인 동생이 지병으로 세상을 떠났다. 동생을 장사 지내고 오던 날 곧바로 교회로 갔다고 한다. 이후 조직생활을 청산하고 열심히 신앙생활을 하고 있다.

조 집사님은 젊어서 깡패 집단에 들어간 이후 가족들을 전혀 돌보지 못하고 살았다고 한다. 젊어서 가족을 버린 죄로 나이 들어서는 본인이 가족에게 버림을 받았다. 아내와도 별거를 하고 자녀들이 아버지를 탐탁지 않게 여겨 왕래가 없는 편이다. 젊어서 돈을 모으지 못해 늘 생활이 넉넉지 못했다.

어느 날 이력서를 낸다고 해서 믿기지 않았다. 젊은 사람들도 일자리 구하기가 쉽지 않은데, 70이 다 된 분이 무슨 취직을 할까싶었다. 젊어서 주먹깨나 써 먹은 것이 경력이 되어 취직이 된 것이란다. 그렇게 한 달이 지나 월급을 타고 하나님 앞에 십일조를 먼저 하겠다고 교회로 달려온 것이다.

평생 깡패 두목이었다고 은근히 거들먹거리며 살아온 사람이다. 열심히 기도하고 은혜를 받으니 70이 되어도 취직이 되었다. 그동안 빚이 있어서 늘 걱정이었는데, 월급 타서 빚도 다 갚았노라고 좋아하셨다.

가끔 교회로 깡패 후배들이 찾아오기도 했다. 훤칠한 키에 조각 같은 미남어깨들이 오면 나는 무조건 그들의 머리나 등에 손을 얹고 기도를 한다. 집채만 한 깡패들의 온몸에 지진이 인다.

어려서부터 몸이 골골했던 탓일까, 나는 영화나 드라마에서 깡패들이 멋지게 몸을 날리는 장면을 볼 때면, 얄궂게도 그 깡패 보스가 부러웠다. 하나님은 나의 그런 황당한 기대조차도 만족케 하셨다. 조 집사님은 큰 목소리로 그들에게 웃으면서 말한다.

"목사님 잘 섬겨라. 우리 목사님이 진짜 보스다."

70세가 넘으면 장로를 은퇴할 시기다. 하지만 교회 설립 10주년 때 개척교회를 함께 섬겨온 공로를 인정해 명예장로로 세워 드렸다. 지금은 거동이 불편하고 코로나로 인해 교회에 나오지 못 하시지만 가끔씩 "목사님이 보고 싶다"라고 전화하신다.

우리의 과거가 아무리 부끄러울 지라도 하나님의 손에 붙들리면 누구든지 새 사람으로 변화가 된다.

여호와께서 말씀하시되 오라 우리가 서로 변론하자 너희 죄가
주홍 같을지라도 눈과 같이 희어질 것이요 진홍같이 붉을지라도
양털같이 되리라 (이사야 1:18)

미쳤어요

2016년 6월 국제선교신문(발행인 최○○ 목사) 창간 기념예배에 특송을 해달라는 초청을 받았다. 월요일 오전 11시 예배였다. 시간보다 일찍 도착해서 약간의 리허설을 거쳐야 했다. 분당을 지나 경부고속도로를 열심히 달려 명동 프린스턴 호텔로 향했다. 1시간이 조금 넘어 도착했으나 주차장이 넉넉지 않아 인근 유료주차장에 차를 세우고 호텔행사장에 도착했다. 3분 남짓 걸어가는 길이 한 시간을 걷는 느낌이었다.

예배가 시작되고 순서가 되어 '주 품에 품으소서' 찬양을 하였다. 감동에 벅찬 예배의 모든 순서를 마치고 기념촬영을 하는데, 나는 서둘러서 자리를 떴다. 안내하시는 집사님이 식사를 하고 가라는데도 바쁜 일이 있다고 그냥 내려왔다. 잠시 뒤 설교를 맡으신 김원남 총회장님(선교)께서 전화하셨다. 금식 중이라고 하고, 스케줄이 있어서 먼저 가겠노라고 말씀드린 후 주차장으로 가는데, 양쪽 다리에 모래주머니를 한 개씩 달고 가는 기분이었다.

전날 주일예배를 마치고 쉬고 있었다. 오후 4시경에 갑자기 급체를 한 것처럼 식은땀이 나고 배가 틀어 오르기 시작했다. 배를 붙들고 뒹굴다가 화장실로 달려가서 한바탕 토하고 나니 조금 가라앉은 듯했다. 그런데 보통 때와는 다른 느낌이었다. 계속되는 통증이 너무 심해서 끙끙 앓았다. 옆에서 지켜보는 가족들이 병원에 가자고 했다. 아들도 요즘 세상에 누가 그렇게 아픈 걸 미련하게 참고 있느냐면서 빨리 병원에 가자고 야단이다. 나는 괜찮다고 하면서 참았다. 왜냐하면 이런 상태로 주일 오후에 응급실에 실려 가면, 십중팔구 입원을 해야 할 것이기 때문이다. 그럼 다음날인 월요일에 예약된 예배의 찬양순서를 감당하기 어려워질 게 뻔하다. 하여 진통제를 먹고 금식기도를 하면서 밤을 새고 아침에 명동으로 간 것이다.

통증은 어제보다 많이 가라앉았지만, 불편한 느낌은 떨쳐버릴수가 없었다. 판교IC를 지나 분당으로 들어오는 길에 서현동에 있는 종합병원으로 갔다. 오후 1시쯤 도착하여 내과에 접수를 하고 진료실로 들어갔다. 의사는 몇 가지 문진을 하고, CT촬영을 하고오라고 했다. 예약을 하지 않아서 1시간 넘게 차례를 기다렸다. 담당자가 오늘 결과를 보고 갈 것인지 물었다. 결과를 보려면 또 3시간을 기다려야 한다고 했다. 그래도 난 기다려야 했다. 다행히 예상시간보다 앞당겨서 내 이름을 불렀다. 의사가 나를 보자마자, 지금 당장 응급실로 가서 수술을 하란다. 밑도 끝도 없이 수술을 하라니 황당했다. 뭐냐고 다시 물으니 충수염이란다. 터지기 일보직전이니 조심해서 내려가라고 주의를 준다.

간호사의 부축을 받아 응급실로 내려오니, 간호사와 의사가 와서 빨리 환자복을 갈아입으라고 한다. 이 상황이 뭔가 싶었다.
"잠깐만요. 집에 가서 옷 좀 갈아입고 올게요."
"미쳤어요? 터지면 복막염이 돼서 큰일 나요."
"괜찮아요. 그래도 집에 갔다 올게요."
안 된다는 의사의 협박 섞인 만류에도, 기어이 집에 와서 일상복으로 갈아입고 남편과 함께 병원으로 갔다. 평소에는 내가 무슨 짓을 해도 내 편을 들어주던 남편이 이날의 일만큼은 호되게 야단을 친다. 20분쯤 걸리는 거리를 전속력으로 달려서 병원에 도착했다. 다행히 맹장이 터지지 않아서 응급실에서 링거를 꽂고 순서를 기다렸다.

응급실 옆 침대에 4살 난 꼬마 남자아이가 배를 움켜쥐고 울고 있다. 이런저런 말을 걸어 달래 봐도 계속 칭얼거린다. 나중에 들으니 그 꼬마가 내 바로 앞에 수술을 했는데, 맹장이 터져서 복강을 다 씻어내느라 시간이 오래 걸렸다고 한다. 나는 밤 9시에 수술실에 들어가서 새벽 2시 반에 병실로 올라왔다. 아이 둘을 낳느라 배에 생긴 커다란 수술자국에, 하나 더 보태는 게 싫어서 복강경 수술을 고집했다. 다행히 터지지 않아서 수술은 잘 되었다고 했다.

그동안 크고 작은 사건 사고를 많이 겪다 보니, 어지간한 일은 겁도내지 않게 되었다. 수없는 죽음의 문턱에서 살려 주신 주님을 의지하고, 매 순간 기도의 끈을 놓지 않았다. 누가 뭐래도, 하나님께 드리는 예배의 찬양을 맡았기에 반드시 지켜주시리라 믿었기 때문이다.

예수께서 이르시되 나는 부활이요 생명이니 나를 믿는 자는 죽어도 살겠고 무릇 살아서 나를 믿는 자는 영원히 죽지 아니하리니 이것을 네가 믿느냐 이르되 주여 그러하외다 주는 그리스도시요 세상에 오시는 하나님의 아들이신 줄 내가 믿나이다

(요 11:25~27)

연락 주의보

"아이고, 우리 공주 목사님! 잘 지내셨어요?

"아~ 네, 전도사님! 오랜만이네요. 그동안 잘 지내셨어요?"

2001년도에 같이 사회복지학 공부를 했던 전도사님이 전화를 하셨다. 그동안 전혀 왕래가 없던 사이인지라, 조금은 생경한 느낌도 없지 않았다. 학교에 다닐 때에도 특별히 개인적 친분은 없었다.

한데 새삼스럽게 학교 다닐 때의 일들을 일일이 열거하며 전라도 억양의 귀에 쩍쩍 붙을 것 같은 찰진 목소리로 나를 사정없이 치켜세우는 것이었다. 통화하는 내내 하도 비행기를 태워서 멀미가 날 지경이었다. 그분이 나를 그렇게 좋게 생각하고 있는 지 꿈에도 몰랐다. 난 솔직히 지금까지 그분의 이름도 잘 기억하지 못한다. 나보다는 훨씬 나이가 많은 홀 사모인 것과 전라도 억양이 유독 두드러진 말씨를 쓰는 사람인 것밖에는 그분에 대해 아는 바가 별로 없다.

이렇게 지난날 이야기를 한참 하다가 당신의 딸 자랑을 늘어놓았다. 피아노를 전공한 유학파였다. 그 딸이 이번에 결혼을 한다고 했다. 예식장은 강남에 있는 소망교회라고 했다. 결론은 예식장에 와 달라는 거였다. 조금 생뚱맞긴 했지만 홀 사모가 자녀를 훌륭하게 잘 키워서 시집을 보내는 경사이니, 나는 성심껏 축의금을 준비해서 결혼예식에 참여했다. 그리고 마음껏 축하해 주었다. 3개월쯤 후 둘째 딸이 결혼한다고 또 전화가 왔다. 그때는 다른 일정이 겹쳐서 참여하지 못하고 기도하는 마음으로 축의금만 준비해서 보냈다. 그날 이후 그 분과는 더 이상 통화를 할 수가 없었다. 몇 번씩 문자를 보내고 전화를 해도 받지도 않고 답장이 없었다. 십수 년 만에 전화해서 온갖 아첨을 떨었던 이유가 결국 딸의 결혼식에 축의금을 받기 위한 것이었나 싶어 영 뒷맛이 씁쓸했다.

어느 날 찬양사역을 하며 알고 지내던 목사님에게서 문자가 왔다. 그분은 기독교계에서 꽤나 유명세를 탄 작곡가이기도 하다. 여러 사람들 틈에 끼어서 몇 번 만나기는 했지만 개인적인 왕래나 친분은 전혀 없던 분이었다. 한데 언젠가부터 명절이나 절기마다 내게 열심히 안부를 묻고 문자와 그림을 보내 왔다. '이분이 나한테 이렇게 관심이 많았나?' 할 정도로 너무 열심히 챙겨서 오히려 민망할 정도였다. 평소에 사람들에게서 듣던 것과는 달리 지나치게 친절했다. 그동안 그분에 대해 소문으로만 듣고 오해하고 있었던 부분을 마음속으로 뉘우치며, 그분에 대한 생각과 이미지를 바꾸기로 마음먹었다. 역시 겪어보지 않고 남의 말만 듣고 사람을 평가

할 것이 아니라는 생각이었다.

1년 정도 지나서 청첩장이 왔다. 그분의 딸이 결혼을 한다는 것이다. 육사출신 사위를 보게 되었다고 자랑했다. 태릉에 있는 육군사관학교에서 결혼식을 올렸다. 교계의 많은 선후배들이 모여와서 축하해 주었다. 나 역시 기쁜 마음으로 결혼식에 참석하여 마음껏 축하해 주었다. 얼마 후 추석이 돌아와서 내가 먼저 안부 문자를 보냈다. 답장이 없다. 결혼식이 끝난 이후로 다시는 그분의 연락을 받을 수가 없었다. 이전에는 앞을 다투어 안부를 묻던 분이 딸의 결혼식이 끝난 후 연락을 끊었다. 그분 역시 딸의 결혼식에 축의금을 받기 위한 수단이었다고밖에 생각되지 않았다. 이번에도 기분이 좋지 않았다.

나는 다른 사람들의 경조사에는 빠지지 않고 찾아 다녔다. 하지만 친정아버지와 시아버지의 장례식을 치르면서 집안 식구 외에는 아무에게도 연락하지 않았다. 내 가정사로 인해 다른 사람들에게 부담 주는 게 싫어서다. 받은 사랑은 뼈에 새기지만 도움을 줄 수 있을 때 도와주고 잊어버리자는 게 내 삶의 신조다. 왜냐면 내 힘이 아닌 주님이 주신 힘과 사랑으로 한 것이기 때문이다. 그럼에도 어른의 이름에 걸맞지 않게 너무 노골적으로 속 보이는 짓을 하는 건 이해가 안 된다.

나는 평소에 어지간해선 먼저 연락을 잘 안하는 성격이다. 그러다보니 항상 집안 어른들께서 내게 전화해서 안부를 묻고 집안 소식을 전해 주신다. 목회 일정으로 바쁘다는 핑계로 웬만한 집안 대소사에도 잘 참석하지 못했다. 이제는 내가 아끼고 사랑하는 사람들과 도움을 받은 사람들을 위해서 더 많이 기도하며 가끔 안부를 물어야겠다.

내 자녀들이 결혼을 하게 된다면, 아주 가까운 일가친척만 초대할 거라고 늘 입버릇처럼 말해 왔다. 평소에 유대도 없고 관심을 가져온 사이도 아닌데, 마음이 실리지도 않은 축의금 따위를 더 받기 위해 속 보이는 부끄러운 짓은 절대 하지 않기로 다짐을 한다.

> 마음이 탐하는 자는 다툼을 일으키나 여호와를 의지하는 자는 풍족하게 되느니라 자기의 마음을 믿는 자는 미련한 자요 지혜롭게 행하는 자는 구원을 얻을 자니라(잠언 28:25~26)

이름 모를 소년에게

몇 해 전 삼복더위가 기승을 부리던 날이다.

인천 주안역부근에 위치한 밀알교회에서는 일주일에 두 번씩 노숙자들의 예배와 점심식사를 섬기고 있었다. 그 날은 삼계탕을 대접하였다. 설교자로 초대받은 나는 예배 후에 그들과 함께 점심을 나누고 돌아왔다. 불볕더위에 2층 계단을 올라오는 동안 어느새 옷은 땀으로 젖고 있었다. 선풍기를 켜고 옷을 갈아입으려는데 초인종이 울린다. 예배당 한쪽을 사택으로 사용하고 있는 터라 교회에 찾아온 손님이 분명했다.

교회가 2차선 대로변에 있어선지, 가끔 지나가는 사람들이 용무가 급해서 찾아오는 경우도 있다. 옷매무새를 고치고 얼른 나가서 문을 열었다. 덥수룩한 노란 염색머리의 소년이 서있는 것이다. 키는 160cm쯤이고 약간 마른 체구의 중학생 또래의 아이였다.

"무슨 일로 왔어요?"

"너무 힘들어서 왔어요. 저 좀 도와주세요."

"그래? 들어오너라."

응접실이 따로 없어서 예배당 의자에 앉히고 에어컨을 켜 주며 밥은 먹었느냐고 물었다. 아이의 형색으로 보아 점심을 제대로 먹은 것 같지 않았다. 밥을 차려주려고 하자 밥은 필요없고 돈이 필요하다고 한다. 아이에게 복음을 전하려고 의자에 마주 앉았다.

슬리퍼를 신고 온 발은 가뭄철의 논바닥처럼 갈라져있고, 오랫동안 깎지 않은 발톱은 새까맣게 때가 끼어있었다. 허름한 반팔 티셔츠에 늘어진 반바지 차림이야 한여름이니 그러려니 했다. 한데 아이의 손을 잡아보곤 그만 나는 기겁을 했다. 손바닥이 습진으로 강판처럼 거칠고 온통 성한 곳이 없었다. 오랜 세월 어느 음식점 주방에서 허드렛일을 한 모양이다. 마침 내가 쓰려고 사다놓은 반질연고가 있었다. 아이의 손에 듬뿍 발라서 마사지를 해주었다. 나머지도 가지고 가서 열심히 바르라고 주었다.

개척교회를 하면서 남편이 가져다준 돈으로 매달 월세와 관리비를 내고 나면 남는 게 없었다. 늘 빠듯한 살림인데다 어지간한 건 카드를 쓰는 바람에 비상금을 챙겨 둘 만한 여력이 없다. 그런 사정을 훤히 알고 있는 사람들은 대개 주일 오후 예배시간에 맞춰서 오기도 한다. 상습적으로 교회만 돌면서 수금하는 사람들이다. 매월 정기적으로 오는 말쑥한 젊은 신사도 있다. 남편 장로님의 만류에도 "교회니까 찾아오지 어디 가서 그런 아쉬운 소릴 하겠느냐"라며 성의껏 구제하고 기도해서 보내곤 했다.

"너는 어디서 사니?"

"그냥, 친구네 집에도 가고 여기저기요."

아이의 대답에 깜짝 놀라 다시 물었다.

"부모님은 어디 계시니?"

"원래는 충청도에서 살았는데, 엄마 아빠가 일찍 돌아가셔서 집이 없어요."

이름은 묻지 않았다. 아이가 돈이 필요해서 내게 거짓말을 한대도 믿어주고 싶었다.

조금 전 밀알교회 담임 목님께서 한사코 뿌리치는데도 휘발유 값이라며 가방에 봉투를 넣어주신 것이 생각났다. 아이를 두고 얼른 가서 봉투를 들고 왔다. 열어보진 않았지만 5만 원이나 10만 원이 들어있을 게 분명했다.

"이건 얼마 안 되지만 목사님이 설교하고 받아온 사례비다. 너는 아직 어리니까 앞으로 예수 믿고 공부 열심히 해서 나처럼 너도 목사님 되라고 주는 거야. 교회 잘 다니면서 예수님을 의지하면 너도 삶이 바뀔 수 있단다. 사람이 할 수 없는 큰일도 그 분은 얼마든지 하실 수 있거든. 힘들다고 포기하지 말고 예수 잘 믿어야 해. 힘들면 또 찾아오너라. 그리고 이 돈은 오락하는 데 쓰지 않을 걸 믿는다."

복음을 전하고 아이의 머리에 손을 얹고 간절히 기도해 주었다. 인사를 하고 돌아가는 아이를 창문으로 내려다보았다. 한 마리의 사슴이 사뿐사뿐 춤을 추며 뛰어가고 있었다.

흩어 구제하여도 더욱 부하게 되는 일이 있나니 과도히 아껴도 가난하게 될 뿐이니라 구제를 좋아하는 자는 풍족하여질 것이요 남을 윤택하게 하는 자는 윤택하여지리라(잠언 11:24-25)

목사의 주머니는 번지수가 없다

서울 시내에 볼일이 있었다.

아침 출근시간이 조금 비껴간 시간에 버스정류장으로 갔다.

"어머나! 집사님이 여긴 웬일이세요?"

"아, 네. 근처에 볼 일이 있어서…."

심 집사님은 우연히 버스 정류장에서 나를 마주친 후 당황한 기색이 역력했다.

심 집사님과는 분당 서현동에 있는 그의 사무실에서 처음 만났다. 평소에 알고 지내던 송 장로님의 소개로 딸이 심 집사님의 사무실에서 비서 겸 잔심부름을 하게 되었다. 직장생활을 처음 하는 딸이 걱정도 되고, 송 장로님과는 흉허물이 없는 사이어서 가끔 딸이 일하는 사무실에 들러 정리정돈을 도와주고 점심식사를 같이 하기도 했다. 30평이 넘는 사무실에 직원은 세 사람이었다. 부동산 토지개발 사무실이었다.

심 집사님은 외국생활을 오래하신 유학파라고 했다. 서글서글한 성격에 유머러스하고 사회 경험이 많은 유능한 CEO로 보였다. 나와는 비슷한 연배여서 피차간 낯가림을 하지 않았다. 더구나 딸아이를 맡겨 놓은 입장이라, 나는 그분이 더 가깝게 느껴졌다.

두 달이 지나도 딸은 월급을 받아오지 않았다. '때가 되면 주겠지' 하고 그저 눈치만 보고 있었다. 나는 종종 들러서 점심을 대접했다. 어느 날 심사장은 사무실 월세가 밀렸다면서 한 달간만 돈을 빌려 달라고 했다. 나는 가진 돈이 없었다. 오죽하면 내게 그런 부탁을 할까 싶어 집에 와서 보석함을 뒤졌다.

예전엔 액세서리를 좋아했다. 치렁치렁 걸고 다니던 귀걸이나 목걸이 등을 목사가 되고 나서는 잘 사용하지 않는다. 보관만 하고 있던 것들을 찾아들고 나섰다. 동네 금방을 찾아가서 몽땅 팔아 현금 130만 원을 모았다. 단숨에 사무실로 달려가서 임대료를 내라고 건네주었다.

석 달이 지나도 사무실 형편은 나아질 기미가 보이지 않았다. 여전히 딸은 밀린 월급을 한 푼도 받지 못했다. 토지개발 사업이 잘되지 않은 모양이었다. 하는 수 없이 딸은 일을 그만두었다. 그 이후로는 나도 사무실에 나가지 않았다. 그렇게 1년이 지났다. 심 사장에게 전화를 해도 받지 않았다. 문자로 빌려준 돈을 갚을 것을 독려했다. 답장이 없다. 이후에도 한두 번 문자를 넣었다. 역시 아무런 답장이 없었다. 그런 뒤 얼마 되지 않아 집근처 버스정류장에서 우연히 마주친 것이다. 내가 보기엔 분명히 우리 집 근처로 이사를 온 것 같았다. 심 사장은 우리 집이 그 동네인 걸 몰랐다. 그는 볼 일이 있어 왔다고 시치미를 뚝 떼었다.

얼마 후 은행에 볼 일이 있어 집에서 한 정류장 지난 길을 걸어가고 있었다. 심 사장이 그 버스 정류장에 또 서 있는 것이다. 역시 출근시간이었다. 혹시 나와 마주칠까 싶어 다음 버스 정류장에서 차를 기다리고 있는 것이었다. 나는 얼른 몸을 숨겼다. 그런데 그도 나를 본 듯했다. 얼른 고개를 돌리더니 버스가 오는 쪽을 돌아보지 못하고 버스 정류장 부스 뒤에 숨어서 차를 기다리고 있는 것이다. 나는 더 이상 그곳을 지나갈 수 없어 가던 길을 되돌아오고 말았다. 마음이 아팠다. 며칠 후에는 전혀 다른 곳에서 그를 또 보았다. 멀리서 걸어오는 나를 먼저 발견한 것인지, 후드점퍼에 달린 모자를 뒤집어쓰고 엉뚱한 쪽을 바라보며 서있는 것이다. 그 앞을 지나올 수 없어 다른 길로 돌아서 가야 했다. 집에 와서 문자를 보냈다.

"집사님! 내게 빌린 돈 갚지 마세요. 이제는 나를 보면 숨지도 마세요."

개척교회 목사에게 130만 원이란 돈이 적은 것은 아니지만, 그것 때문에 사람을 잃고 싶지 않았다. 무엇보다 그 사람이 나 때문에 불편해 하는 게 싫었다. 그래서 130만 원을 포기했다.

신학교에 다닐 때도 교수가 등록금 내야 할 돈을 빌려 간 적이 있다. 내일 바로 준다면서. 그리고 몇 년이 지나도 갚지 않았다. 나는 그 교수에게 돈 달라는 소리를 하지 못했다. 그는 내게 미안하단 말 한마디 없었다. 몇 년이 지난 어느 날 우연히 총회 사무실에서 그 교수를 만났다. 그때에도 돈에 대해서는 한마디 언급이 없었다. 나도 이미 포기했기에, 아무 일 없었던 것처럼 반갑게 인사를 했다.

누군가 내게 "목사의 주머니에는 번지수가 없어서 나간 돈이 돌아오지 못 한다."라고 했다.

얼마 전 우리 교회에 출석하셨던 양 목사님을 만났다. 그 분의 기도제목은 25년 전 후배 목사에게 빌려준 돈 2억 원을 돌려받는 것이다. 경찰서장으로 정년퇴임한 후 어머니의 장례식장에 찾아 온 후배 목사에게 퇴직금 일부를 빌려 주었다고 한다. 일종의 투자였다. 한데 돈을 가져간 이후 후배는 전화도 받지 않고 만나지도 못했다고 한다. 25년이 지난 지금도 매일 세 번씩 전화를 하고, 하나님께 그 돈을 받게 해달라는 기도를 한다고 했다.

내가 양 목사님께 한 마디 했다.

"목사님! 그 돈 잊어버리세요. 그리고 다시는 그 분한테 전화도 하지 마세요. 25년 동안 안 갚은 돈을 이제 와서 갚겠어요? 목사님 연세가 90이에요. 갚을 마음이 있었다면 벌써 찾아왔겠지요. 깨끗하게 잊어버리세요. 그리고 마음의 평안을 얻으세요. 그 돈 없어도 하나님께서 목사님의 건강을 지켜주셨잖아요?"

　나는 믿는 사람들은 모두 한 형제요 자매 같아서 다른 사람이 힘들어하는 걸 보면 내 형편을 고려하지 않고 어떻게든 도와주려는 버릇이 있다. 쓸데없는 오지랖인지도 모른다. 그런 순수한 마음을 사람들은 악용할 때가 많다. 남에게 돈을 빌려주고 단 한 번도 받아본 적이 없다. 물론 세상적인 방법을 사용하여 받아낼 수도 있겠지만, 그렇게까지 해서 돈을 받아 내고 싶진 않았다. 번번이 돈도 못 받고 사람도 잃고 만다. 내 형편이 넉넉해서 준 것이 아니었다. 그런 나를 바보 같다고 할지 모르지만, 그때로 다시 돌아간대도 난 또 그렇게 할 것이다.

　내 이름으로 된 집 한 칸 없고 저축해놓은 돈도 없다. 교회도 월세를 내고 있다. 가진 게 없고 늘 손해보고 사는 것 같지만, 절대로 궁색하게 살지 않는다. 나는 늘 다른 사람에게 넉넉히 주는 삶을 살고 싶다. 하나님께서 내 건강을 지켜주셨고, 남편과 자녀들을 건강하게 지켜주셨다. 세상에는 많은 것을 소유하고도 더 움켜쥐려는 사람이 있는가 하면, 나처럼 가진 것이 없어도 늘 베풀면서 살게 하시는 경우도 있다. 이것이야말로 주님의 은혜다. 돈은 인생의 전부가 아니다. 우리는 이 땅에서 나그네로 살다가 아버지 품으로 간다.

범사에 여러분에게 모본을 보여준 바와 같이 수고하여 약한 사람들을 돕고 또 주 예수께서 친히 말씀하신 바 주는 것이 받는 것보다 복이 있다 하심을 기억하여야 할지니라(사도행전 20장 35절)

기로에 서서

교회가 한 번 어려움을 겪고 나니 쉽게 회복되지 않았다. 이후 몇 년이 지나도 교회는 부흥되지 않았다. 매월 지출되는 비싼 월세와 관리비가 부담이 됐고, 어려운 재정으로 혼자만의 갈등이 심했다. '내가 자질이 부족해서 안 되는 것인가? 하나님의 뜻이 아닌가? 여기서 목회를 그만 접어야 하나?'

처음 교회를 시작해서 성도들이 많을 때는 하나님께서 하게 하셨다는 확신과 자신감이 충만했는데, 교회 형편이 기우니 마음의 갈등이 조석변이었다. 그렇다고 이런 말을 함부로 내뱉을 수도 없어서 그저 조용히 하나님께 여쭈는 마음으로 기도에 전념했다.

나는 여간해선 사람들과 잘 어울리지 않는 성격인데 목회를 하는 과정에서 많이 변했다. 송파에서 목회하시는 손 목사님께서 부흥회를 하신다고 문자를 보내 왔다. 지인의 소개로 몇 번 만난 것 외에 평소 대단한 친분이 있는 건 아니었다. 하나 여성 목회자로서 개척교회를 한다는 동병상련의 고충을 알기에 한 자리라도 채울 요량으로 몇 명의 성도들과 함께 집회에 참석했다.

집회를 인도하시는 강사는 나이지리아에서 오신 30대 후반의 새파랗게 젊은 목사였다. 8월 중순의 후덥지근한 날씨에 집회 첫날이어선지 참석 인원도 많지 않았다. 한국인 목사님의 통역으로 말씀을 증거한 후 기도시간이 되었다. 한 사람씩 강단 앞으로 불러내어 직분이 무엇인지, 기도제목이 무엇인지 묻고 예언기도를 해주었다.

나는 사람들 앞에서 기도 받는 걸 탐탁찮게 생각해서 그냥 앉아 있었다. 한데 맨 뒷좌석에 앉아 있는 내게 빨리 나오라고 재촉을 한다. 망설이는 나를 향해 자꾸만 사인을 보내는 바람에 굼뜬 걸음으로 나가고 있었다. 아직 강단 앞에 도착하기도 전에 강사 목사님께서 내 마음을 읽은 것인지 대뜸 이렇게 말했다.

"목사님, 목회를 그만두려고 하셨어요?"

걸음을 멈추고 아무 대꾸도 하지 못하고 서 있는 내게 다시 말씀을 하신다.

"조만간 교회를 이전하게 될 겁니다."

나는 너무 놀라서 대답도 못하고 서있었다. 그분은 웃으면서 "나이지리아에서 처음 한국에 온 내가 목사님의 사정을 어떻게 알겠느냐? 성령께서 알려주셨다."라고 했다.

강사 목사님의 예언을 하나님의 음성으로 들었다. 그날 이후 목회에 대한 갈등이 사라졌다. 3년 전엔 재건축으로 인해 교회도 이전을 했다. 설상가상 코로나로 인하여 성도들이 나오지 못하니 예배당은 텅 비고, 교회의 사정도 이전과 별반 달라진 게 없다. 허나 마음속에 조급함이 사라지고 이 모양 저 모양으로 이끄시고 채우시는 주님의 은혜를 날마다 체험하며 감사의 제사를 드리고 있다.

너희가 나를 택한 것이 아니요 내가 너희를 택하여 세웠나니 이는 너희로 가서 과실을 맺게 하고 또 너희 과실이 항상 있게 하여 내 이름으로 아버지께 무엇을 구하든지 다 받게 하려 함이니라(요한복음 15:16)

무공해 사랑

언제부턴가 남편은 교회 옆 텃밭에서 머무는 시간이 많아졌다. 200평쯤 되는 제법 큼지막한 텃밭에다 온갖 채소를 심고 가꾼 남편의 수고 덕분에 우리 가족은 철마다 무공해 야채를 푸짐하게 먹을 수 있게 되었다. 뿐만 아니라 내가 좋아하는 과일나무 묘목들을 사다 심었는데, 올해 처음 꽃이 핀 것도 있다. 신기하고 예뻐서 들여다보고 있는데, 체리나무 꽃이란다. 사과나무, 배나무는 아직 꽃이 필 때가 안 되었는지, 연한 잎사귀만 수줍게 내밀고 있다.

밭에는 냉이도 제법 자라났고, 달래도 실같이 올라오고 있었다. 지난해에 씨를 뿌려둔 것들이다. 나는 '봄 처녀 제 오시네' 콧노래를 부르며 쑥이랑 냉이를 캤다. 어릴 때 시골에서 자랐지만, 들판이 마을과 멀리 떨어져 있는 데다, 공부하라며 밖에 나가서 친구들과 어울리거나 딴짓하는 것을 허락하지 않으셨던 어머니 때문에 한번도 나물을 캐보지 못했다. 이제 나이를 먹고 보니, 복잡한 도시보다는 이렇게 조금 덜 복작거리는 소도시가 살기에 편한 것 같다. 텃밭을 가꾸며 자연과 더불어 사노라니, 확실히 마음의 여유도 더 갖게 되었다.

남편은 바쁜 와중에도 갖가지 채소며 꽃을 심고 가꾸는 이유가 따로 있다. 봄부터 가을까지는 직접 키운 꽃잎과 약간의 과일로 나의 아침 식사를 준비해 놓는다. 농약이나 비료를 전혀 하지 않은 유기농 채소로, 아침을 잘 거르는 내게 위장 버리지 말라고 챙겨주는 것이다. 그래서 주변 사람들이 내게 '이슬만 먹고 사는 여자, 꽃잎으로 식사하는 공주님'이라고 한다.

남편은 항상 아이들에게 냉장고에 넣어둔 계란이나 우유 요구르트 등 '유기농' 글자가 붙은 것은 다 엄마 것이니 손대지 말라고 이른다. 잘 참고 자라준 딸이 얼마 전엔 남편에게 반기를 들었다.

"솔직히 아빠에게 서운해요. 다른 집에서는 자녀들에게 더 좋은 것을 먹인다는데 왜 우리 집은 그 반대죠?"

딸의 항변에 수긍이 갔다. 나는 어릴 때부터 면역력이 약해서 늘 감기를 달고 살며 잔병치레를 하였다. 어른이 되어서도 쉽게 바뀌지 않는 체질을 남편은 늘 안타까워한다. 그런 나를 위해 건강에 도움이 될까하여 유기농 무공해를 먹이기 위해 애를 쓴 게 지금까지도 습관이 된 것이다. 딸은 그런 아빠가 서운한 모양이다. 다행히 아이들은 나를 닮지 않고 아빠의 체질을 닮아 건강하게 잘 자라게 하셨다.

여호와께 감사하며 그 이름을 불러 아뢰며 그 행사를 만민 중에 알게 할지어다 그에게 노래하며 그를 찬양하며 그의 모든 기사를 말할지어다 그 성호를 자랑하라 무릇 여호와를 구하는 자는 마음이 즐거울지로다(시편 105:1~3)

뭣이 중한디

"여기 귤나무 어디 갔어요? 동백나무랑 같이 잘 덮어 두었는데?"

"그거 얼어 죽어서 내가 파내 버렸어요."

"아니, 며칠 전에 보니까 멀쩡히 살았던데, 왜 파냈어요?"

귤나무는 2년 전에 내가 제주도에서 1년생 묘목을 사다가 애지 중지 키워 온 것이었다. 사실 지난해에 냉해를 입어서 가지를 많이 잘라 내고 얼마 남지 않은 것을 살려 보겠다고, 나름 열심히 물 주고 거름을 주면서 키웠다. 올 봄엔 하얀 귤꽃이 향기를 날리며 그 자리에 노랗고 탐스러운 귤이 주렁주렁 열리리라는 기대를 잔뜩 하고 있었다. 양지에 잘 심어서 두꺼운 비닐을 이중으로 덮어 놓았었는데… 그 나무가 죽었다고 내게 말 한 마디 없이 버렸단다. 생각할수록 서운하고 화도 났다. 봄에는 "부지깽이를 꽂아도 싹이 난다"라는 어른들의 말을 들은 적이 있다. 그래서 죽은 뿌리라도 찾을 요량으로 밭 주변을 다 뒤졌으나 끝내 보이지 않는다.

"빨리 내 귤나무 찾아내요."

"아니, 나보다 그 귤나무가 더 소중해요?"

항상 챙겨 주고 양보해 주고 이해해 주는 남편이 어린아이처럼 떼를 쓰는 나를 바라보고 땀을 뻘뻘 흘리며 난감해 한다.

화내서 미안하다고 남편에게 즉시 사과했다. 한데 잠자리에 들어서도 귤나무 생각에 잠이 오지 않는다.

누구나 자기 것에 대한 애착이 있겠지만, 나는 유독 누가 내 물건에 허락 없이 손대는 건 용납이 안 된다. 사람들은 대개 자기 눈에 좋아 보이는 것을 선호하고 취하다가 조금만 상처가 나거나 흠이 있으면 가차 없이 버린다. 허나 나는 웬만해서는 내 것을 버리지 못한다. 언제부턴지 유독 살아 있는 화초를 좋아해서 어디를 가든지 그곳에 놓인 화분의 수분 체크를 하는 버릇이 있다. 때로는 버려진 아사 직전의 화초들도 가지고 와서 정성스레 돌보기도 한다. 상품가치는 전혀 없지만 생명이 있는 것은 어떻게든 살려 보자는 것이다.

상한 갈대를 꺾지 아니하며 꺼져 가는 심지를 끄지 아니하시는 예수님은 세상에서 가장 연약하고 부족한 죄인인 나를 십자가의 대속으로 살리셨다. 뿐만 아니라 주의 종으로 세우셔서 하나님의 말씀으로 잠자는 영혼들을 깨우게 하시고 찬송의 옷을 입혀 주셨다. 나는 보잘것없는 풀이나 나무를 아끼고 돌보면서 나 같은 죄인 살리신 주님의 사랑을 뼛속까지 깊이 체험하는 은혜를 누린다.

다음날 아침, 잠을 설쳐 까칠한 내 상태를 눈치 챈 남편이 나를 안아준다.

"여보, 그 귤나무는 잊어버려요. 올 가을에 큼지막한 귤나무 한 그루 제주도에서 화물차로 실어올 거예요. 어젯밤에 주문해 놨어요."

상한 갈대를 꺾지 아니하며 꺼져가는 심지를 끄지 아니하기를
심판하여 이길 때까지 하리니(마태복음 12:20)

다시 기도의 손을 들고

오랫동안 연락이 없던 친구목사에게서 전화가 왔다. 2년의 공백이 있었음에도 서로의 안부 교환은 뒤로하고 대뜸 용건부터 던진다.

"목사님! 낼 청계산 기도하러 갈래요?"

"좋아요. 두 시까지 내가 느티나무 정류장으로 갈게요."

나는 20대 후반부터 교회 집사님들을 따라 산 기도를 다녔다. 삼각산기도원, 한얼산기도원, 철원 대한수도원, 모리아산기도원 그리고 영암 월출산으로, 지리산으로, 특수부대식 기도훈련도 받았다. 김천 용문산기도원에서는 나운몽 목사님 생전에 몇 년간 연속 8월 15일부터 열리는 유월절 집회에 찬양인도를 맡기도 했다. 교회를 세우기 전까지 3년 동안은 영성훈련원에서도 찬양인도를 하며 기도했다. 수년 전에는 1월 1일 송구영신 예배를 드린 후, 기도 팀들과 함께 한밤중에 중무장을 하고 청계산꼭대기까지 올라가서 나라와 민족을 위해 기도했던 적도 있다. 며칠 전 그런 기억들을 고스란히 소환한 적이 있는데, 마침 전화가 온 것이다.

2008년 교회개척 후, 2년 가까이 밤마다 혼자서 기도회를 인도했다. 광고를 하지 않았음에도 한두 사람씩 모여들었다. 사실 다른 사람들을 부르려는 것보다, 그동안 해오던 습관이 있어서 우리 가족끼리 찬양 몇 곡 부르고 말씀보고 기도하기 위해 시작한 것이었다. 하루는 교회 위층에 있는 지역아동센터를 방문하고 싶은 마음이 강하게 나를 이끌었다. 평소에는 간간이 오후에 식사시간에 배식을 돕거나 설거지를 돕기도 했는데, 그날은 오전에 노크를 한 것이다.

"요즘 우리교회 저녁 기도회를 하고 있어요."
"안수기도도 하세요?"
"네. 그럼요. 한번 오세요."

뒤에서 간식 준비를 하던, 처음 보는 한 여자 봉사자가 말을 걸었다. 그날 밤부터 안수기도를 시작했다. 나는 기도원에서 믿음의 잔뼈가 굵어진 사람이다. 보고 배운 대로 진액을 쏟았다. 성도들은 은혜가 충만한 기도회라며 좋아했다. 어떤 성도는 '밤에 기도회 끝나고 집에 가서 잠을 자려 해도, 받은 불이 꺼지지 않아 뜨거워서 잠을 못 잔다.'고 했다. 6년 동안 '어떻게 죽을까' 고민하며 기회를 찾던 우울증 환자였다. 깨끗이 치유 받고 신학대학원에 입학해 상담학을 공부했다.

평생 손을 못 쓰던 사람이 고침을 받았다며 통밀 빵을 만들어 오고, 온갖 피클을 만들어 왔다. 설거지도 혼자서 맡아했다. 딸과 큰아들 가족, 작은아들 가족을 데리고 와서 등록을 하고, 다른 사람들도 계속 전도를 했다. 예배 후에는 손자 손녀들을 데리고 와서 꼭 안수를 받았다. 자폐증이 심했던 손자가 눈에 띄게 증상이 호전되었다고 좋아했다.

주일에도 일산, 의정부, 용인 포곡, 성남 모란 등 각처에서 새로운 성도들이 왔다. 30여 평의 작은 예배당에 사람이 빼곡히 채워졌고, 늦게 오는 사람을 위해 간이 의자를 더 놓아야 했다. 어느 날엔 설교시간에 성령께서 내용을 바꾸어 아주 기초적이고 기본적인 복음을 전하게 하셨다. 점심식사를 하는데 처음 본 젊은 여성이 내게 이런저런 질문을 했다. 나중에 들으니 무당이라고 했다. 직업군인 남편을 둔 그녀는 얼마 전 강남에다 점집을 냈다고 했다. 초등학교에 다니는 아들 둘을 두고 이혼을 하려던 참에, '우리 교회 예배에 한 번만 참석해 보자'라고 데리고 왔단다. 몇 주 후에 전도한 집사님으로부터 그녀가 예배 참석 후 바로 가서 법당을 치우고 집으로 돌아와 직장을 다닌다고 들었다.

귀신이 들린 사람도 있었다. 떡집을 하는 집사님이다. 그 동네엔 무당집이 많다. 떡집 단골손님이 거의 무당들이라고 한다. 주일이면 예배 드리러 오는 길에도 시루떡을 해서 머리에 이고 무당집에 갖다 주고 온다고 했다. 내가 그건 같이 우상숭배를 하는 것이니 끊으라고 하니, 그러면 수입이 줄어서 세도 못 낼 형편이라고 한다.

세 식구가 교회에 오면 설교시간마다 몸을 못 가눌 정도로 졸다가 간다.

하루는 예배가 끝나고 성도들과 악수를 하는데, 그 집사님의 손을 잡는 순간 심한 딸꾹질을 했다. 내가 손을 놓으면 멈추고, 손을 잡으면 딸꾹질을 계속하는 것이었다. 성도들이 볼까 봐 주일 저녁에 교회로 기도하러 오라고 했다. 부목사님과 셋이 기도를 하다가 머리에 손을 얹는 순간, 집사님은 뒤로 쿵하고 넘어졌다. 아무 기척이 없어서 불안한 마음에 더 간절히 기도했다. 잠시 후에 고래가 물을 뿜어내듯 "푸~" 하고 숨을 뿜어냈다. 그 후로는 딸꾹질이 멈추었다. 온갖 귀신들이 빠져나간 자리에 악한 것들이 다시 들어오지 못하도록 기도해주고 돌려보냈다.

다음 주 수요예배와 금요기도회에도 보이질 않더니, 주일에도 온 식구가 안보였다. 전화도 안 받았다. 나중에 보니 이 집 저 집에 전화해서 목사님이 자기를 귀신 들린 사람취급 했다며 기분 나빠서 교회를 떠난다고 했다. 가게도 이사를 가고 없었다. 그때부터 교회가 술렁이기 시작했다. 성도들 중에는 사소한 부분들로 내게 불평을 하는 사람이 있었다.

> 하나님은 사람의 행동을 달아보시며 죽이기도 하시고 살리기
> 도 하시며, 음부에 내리기도 하시고 올리기도 하시며 가난하게도
> 하시고 부하게도 하시는도다(삼상 2:3~6)

당시, 나는 부흥사 활동과 기독교 방송을 비롯해 여러 방면으로
활동지경을 넓혀가고 있었다. 그런 중에 성도들은 썰물처럼 빠져
나갔다. 어느 날엔 자다가도 벌떡 일어나기도 했다. '내가 뭘 잘못
했는가' 자신을 돌아보며 감정을 다스리려고 애를 썼지만, 속이 많
이 상했다. 그동안 교회가 빠르게 성장하다 보니 나도 모르게 개
척교회가 왜 힘드냐고 속으로 자만했던 것이 부끄러웠다. 알고 지
내는 선배 목사님들이 "교회는 원래 몇 번씩 물갈이를 한다."라고
했다. 처음부터 아무도 없이 시작했으니 남은 성도들을 보며 스스
로를 위로했다.

개척 후 10년 만에 교회 이전을 했다. 전에 있던 건물이 너무 오
래되어 재건축을 해야 하기 때문이었다. 1㎞정도 떨어진 거리임에
도, 따라오지 않은 성도가 많았다. 새벽기도에 오던 성도들, 저녁
예배에 오던 성도들의 발길이 끊어졌다. 토요일이면 청년부가 모여
고기 굽는 냄새가 진동했었는데, 청년부도 없어지고 주일학교도

없어졌다. 설상가상 이사 후 얼마 지나지 않아 코로나19로 사회적 거리두기가 시작되면서 10여 명이 넘게 나오던 새벽기도를 쉬게 되었다. 매일 저녁 몇 사람이 모여 하던 기도회도 멈췄다.

교인들이 안 나와도 '이사를 해서 거리가 멀어져서 그런가? 코로나 때문인가 보다', 치매 걸린 어머니하고 밤새 씨름을 해도, '원래 다 그렇다더라.' 하며 스스로를 위로하고 안정을 찾으려 했다. 본래 잠이 많지 않아서 날을 샐 때가 종종 있다. 가슴이 답답해서 잠자리에서도, 일을 할 때도, 운전을 할 때도 속으로만 '주여!'를 외치면서도 코로나 핑계를 댔다.

주일예배도 오전에 한 번만 드리고, 수요일과 금요기도회로 연명하고 있었다. 어느 날 '기도해야지. 너 목사 맞니?' 이런 생각이 들었다. 성도들에게는 "기도해야 산다"라고, "기도 외에 다른 것으로는 이런 유가 나갈 수 없다"라고 말씀은 잘도 인용하면서, 정작 나는 기도에 집중하지 못했다.

이래저래 가슴 답답하던 차에 산으로 가니 발걸음이 날아갈 것 같다. 뒤따라오던 친구가 "원래 그렇게 걸음을 잘 걷느냐"라고 묻는다. 새봄에 피어난 온갖 꽃들이며 연록색의 여린 잎들이 얼마나 사람의 마음을 설레게 하던지. 산속 공기가 가슴속에 쌓인 오염을 다

씻어낸 듯 상쾌했다. 산 중턱 바위에 자리를 잡고 앉아서 찬송을 부르고 서로의 기도제목을 나누고 합심해서 기도에 불을 지폈다.

아말렉이 쳐들어 왔을 때 모세는 아론과 훌을 데리고 기도하러 산으로 갔고 여호수아는 군사를 뽑아서 전쟁터로 갔다. 모세가 손을 들고 기도하면 이스라엘이 이기고 모세의 팔이 피곤하여 내려오면 적군인 아말렉이 이긴다. 아론과 훌이 모세의 손이 내려오지 않도록 양쪽에서 받쳐주어 이스라엘이 이겼다. 모세가 단을 쌓고 여호와 닛시라 하고 하나님께서 대대로 아말렉과 싸우시기로 맹세하셨다(출애굽기 17:8~16)

여호와 이레

나의 아침식사는 반숙으로 익힌 계란 2개와 금화규 꽃잎 몇 장과 방울토마토 몇 개 등이다. 엊그제는 새벽기도를 마치고 들어와 식탁을 살피는데 삶은 계란이 없는 것이다. 늘 잠이 부족한 탓에 입맛도 없고, 얼른 자리에 눕고 싶은 마음에 주방을 힐끔 둘러보고선 방에 들어와 다시금 잠을 청하고 있었다.

"목사님! 현관 앞에 나와 보세요."

오늘따라 이른 아침에 전화벨이 울려서 받아 보니 교회부근에 사시는 정 집사님이 출근길에 들른다는 것이다. 얼른 정신을 차리고 나가서 집사님이 건네주고 간 종이봉지를 들고 들어왔다. 봉지 안에는 삶은 계란 몇 개와 과일, 고기 등이 들어있었다.

바쁘다는 핑계로 아침을 잘 거르는 나를 위해, 새벽기도를 먼저 마치고 들어온 남편이 매일 아침 나의 식사를 챙겨 놓고 출근을 한다. 나는 평소 위가 약해서 소화제나 제산제 등을 자주 찾는다. 그런 나를 생각해서 삶은 계란을 꼭 챙기는데, 오늘은 없어서 남편이 바쁜 일로 그냥 출근한 줄로 알았다. 대신 정 집사님이 가져다 준

계란을 먹었다. 저녁에 퇴근한 남편에게 오늘은 왜 계란을 안 챙겼느냐고 물어보았다. 집에 계란이 떨어져서 어제 딸에게 사오라고 했는데, 아이가 깜빡 잊어버리고 안 사왔다는 것이다. 남편은 나의 아침식사를 제대로 챙겨놓지 못해서 미안한 마음으로 출근을 했다는데, 하나님께서는 집사님을 통해 삶은 계란을 먹여주셨다.

보통 주부들은 요맘때쯤 김장에 쓸 고춧가루를 산다. 대개는 국내산 태양초를 사려고 아는 집들에 부탁을 하곤 한다. 우리 교회는 오 권사님을 통해 수년간 백화점김치를 공급받고 있다. 하여 많은 양은 아니지만 고춧가루가 조금 필요하다 싶어 석 권사님이 사셨다는 집에 나도 부탁을 했다. 사실은 고추농사를 짓는다는 분을 전도하기 위해 일부러 고춧가루를 주문한 것이다.

며칠 후 지인 목사님이 광주기독교연합회에 관한 일로 우리 교회에 잠깐 방문하였다. 뜻밖에 동행하신 목사님이 고춧가루를 10근쯤 가지고 오셨다. 더구나 고춧가루를 가지고 오신 목사님과는 평소에 전화 통화나 왕래가 거의 없었던 사이다. 웬 고춧가루냐고 물으니 그냥 고춧가루를 갖고 오고 싶었다고 한다.

그래도 미리 주문한 고춧가루 5근은 전도하기 위해 값을 더 주고 샀다. 전도의 열매도 거두게 하셨다.

나는 평소에 시장이나 백화점 마트 등 쇼핑을 위해 가 본 적이

별로 없다. 결혼 초기부터 남편이 퇴근길에 장을 봐오기 때문이다. 덕분에 나는 시장 보는 시간을 아껴서 감사하다. 보통의 주부들이 쇼핑을 하면서 스트레스를 푼다고 하는데, 솔직히 나는 웬만해선 스트레스를 받지 않는다. 아니 정확하게 말하면 늘 하나님께 고자질하기 때문에 스트레스가 쌓이질 않는 것이다. 가끔 생활하다 뭔가 필요해서 퇴근하는 남편에게 주문을 한다. 그때마다 하나님께서 미리 응답하셨노라고 전화를 끊기 전에 들고 들어올 때가 종종 있다. 아버지 하나님은 우리의 모든 필요를 알고 계신다. "곡식을 밟아 떠는 소의 입에 망을 씌우지 말라 하였고 또 일꾼이 그 삯을 받는 것이 마땅하다 하였느니라(딤전5:18)" 하신 말씀처럼 화장품이 떨어지기 전에 채워 주시고, 옷이며 신발이며 먹을 것을 넘치도록 채워 주신다. 남들에겐 대수롭지 않은 것일지라도 나는 늘 하나님의 은혜에 감사하고 감격하며, 오늘도 그 든든하고 멋진 분을 믿고 큰소리치며 산다.

믿음이 적은 자들아 그러므로 염려하여 이르기를 무엇을 먹을까 무엇을 마실까 무엇을 입을까 하지 말라 이는 다 이방인들이 구하는 것이라 너희 천부께서 이 모든 것이 너희에게 있어야 할 줄을 아시느니라 너희는 먼저 그의 나라와 그의 의를 구하라 그리하면 이 모든 것을 너희에게 더하시리라 그러므로 내일 일을 위하여 염려하지 말라(마태복음 6: 30~34)

나는 행복한 사람

2021년 6월 13일 '대명교회 설립 13주년' 기념 감사예배를 드렸다.

사실 코로나 팬데믹 상황 속에서 이런 행사를 해도 되는지 한편으론 염려가 됐다. 지난 10주년 때 교회를 이전하고 감사예배를 드린 후 3년간은 별다른 행사를 하지 않았다. 더구나 지난해 초부터 번지기 시작한 코로나19 감염병으로 인한 정부시책에 따라 사회적 거리 두기와 비대면 예배가 강화되면서 일체의 행사나 활동을 멈춰야 했다. 예배 인원에 제한을 받고 온라인 예배가 권장되는 낯선 환경에 적응하느라 모두가 힘든 시간을 건너다보니, 올해도 그냥 지나가려고 별다른 계획을 세우지 않았다.

5월 초 내가 속해 있는 경기동노회 월례회에 참석차 총회 사무실을 방문했다. 그때 초면인 목사님께서 내게 대뜸 제안을 해오셨다.

"김 목사가 신유은사가 강하니, 당신네 교회에서 치유집회를 합시다."

요즘 같은 때에 사람들을 모아놓고 집회를 한다는 것이 쉽지 않을 거란 생각에 잠시 머뭇거렸다. 마침 교회 설립기념일이 한 달 남짓 남았으니, 핑계 삼아 한번 판을 벌일 요량으로 승낙을 했다. 마침 우리 교회에 기도하러 오는 성도들이 요사이 몇 사람 더 늘어난 데다 매일 저녁 부르짖어 기도하는 분위기이니, 하나님께서 뭔가 사인을 주신다는 생각도 들었다. 하여, 서로 전화번호를 교환하고 6월13일 오후 3시로 집회 날짜를 잡았다. 총회장님께는 설교를 부탁드리고, 김○○ 목사라고 하신 그분이 치유집회를 하기로 했다.

교회 재정도 바닥이고 성도도 별로 없는데, 덜컥 집회 날짜를 잡고 보니 내심 걱정이 됐다. 일단 남편 장로님께 말씀을 드리고 성도님들께는 기도부탁을 했다. 어느새 한 달이 지나고 행사 날짜가 코앞으로 다가왔다. 일주일을 남겨두고 강사 목사님들께 중간 점검 차 전화를 드렸다. 총회장님께 설교본문과 제목도 받았다. 김○○ 목사님께도 전화를 했더니 어쩐 일이냐고 하신다.

"아니, 목사님께서 집회하자고 하셨잖아요? 우린 열심히 기도로 준비하고 있는데요."

"안 돼요. 그 시간에 수원○○교회에 집회를 잡았어요. 목사님이 연락을 안 주시기에……"

"네? 일단 알겠습니다."

중간 점검을 일찍 했어야 했는데, 미리 챙기지 못한 내 실수였다. 나는 한 번 약속을 하거나 말을 뱉으면, 내가 한 말에 대해서는 비록 손해를 볼지라도 반드시 책임을 지고 밀어붙이는 성격이다. 상황에 따라 수순이 바뀌거나 변동은 있을 수 있겠지만, 사전에 공표한 교회의 공적인 일을 개인사정 때문에 취소하거나 연기할 수는 없었다. 이 일을 어떻게 수습해야 하나 싶어 나는 무릎을 꿇었다. '성령께서 내게 주신 은사를 회복시키려나 보다'라는 감동이 일었다. 아무에게도 말하지 않고 혼자 기도했다.

다음날 수지에 사시는 권사님에게서 1년 만에 전화가 왔다. 어릴 때 살던 고향집 바로 뒷집 언니인데, 어느 교회 권사님이라고 하셨다. 나보다 연세가 10살 이상 많으시다. 평소에는 거의 연락을 하지 않는 편이다. 가끔 기도할 때 성령께서 생각나게 하시면 기도만 해드리는 정도다. 다짜고짜 통장번호를 불러달라고 하신다. 코로나로 인하여 교회를 못나가서 헌금을 모아둔 게 조금 있는데 내 생각이 나셨다고 한다. 잠시 후에 교회 통장에 50만 원이 들어왔다. 그 돈으로 기념타월을 주문했다.

행사 전날 어린이집 원장이신 정현옥 집사님께선 "행사를 마치고 함께 식사를 못 한다"라며 과자·과일·생수를 한 묶음으로 개별 포장한 30명분의 선물꾸러미를 가지고 오셨다. 석기순 권사님은 강단 꽃꽂이와 코사지 그리고 떡을 준비해 오셨다. 또한 포렌코즈 화장품회사에선 '아쿠아 수분크림' 50개를 협찬해 주셨다. 청년부의 찬양과 안내 등 여러 성도들의 헌신으로 집회를 잘 마칠 수 있었다. 하나님께선 아주 풍성하게 오병이어의 기적을 체험하는 복

된 시간으로 인도해 주셨다.

외부인은 거의 초청하지 않았다. 100명 정도 앉는 좌석에 거리두기를 해서 30여 명이 앉으니 예배당이 보기 싫지 않게 찬 느낌이다. 하지만 이번 집회를 통한 하나님의 역사는 따로 있었다. 그동안 교회를 개척한 후 13년 동안, 교회에 아내와 아들들은 차로 태워다 주면서 자기는 절대 예배당 안에 발도 안 붙이려고 하던 막내 제부가 함께 예배를 드린 것이다. 자의든 타의든 예배에 참석했다는 자체가 기적이었다. 주님은 모든 것을 합력하여 선을 이루게 하셨다.

하나님께서는 수년 동안 믿지 않는 자를 통하여 교회에 쌀을 공급해 주셨다. 근래 몇 년간은 유명 백화점 김치코너에서 일하신 오남례 권사와 정용배 집사의 가정을 통해 김치를 공급해 주신다. 한겨울에도 오이소박이를 먹을 수 있다. 배추김치·열무김치·갓김치·파김치·물김치 등. 그보다 오 권사님은 언제 어디서나 나를 생각하신단다. 또한 시시때때로 정 원장님의 손길을 통하여 과일과 고기, 간식거리를 챙겨주신다. 정○○ 사장님을 통하여 온 가족의 화장품을 공급해 주신다. 어디서 맛있는 거 보면 "목사님 생각나서 사 왔다"라며, 동생처럼 친구처럼 매일 함께하는 기도의 동지이자 교회 강단 꽃꽂이를 하시는 석 권사님. 정 집사님, 최 전도사님, 채

집사님, 황 성도님, 김 목사님, 자랑스러운 청년부, 듬직한 안수집사님, 정 장로님 모두 뭐라도 더 챙겨주려고 애쓰시는 나의 소중한 가족이자 동역자들이다. 때를 따라 모든 필요를 채워 주시고 공급하시는 멋진 하나님. 그런 하나님을 아버지로 둔 나는 참 행복한 사람이다.

이스라엘이여 너는 행복자로다 여호와의 구원을 너 같이 얻은 백성이 누구뇨 그는 너를 돕는 방패시요 너의 영광의 칼이시로다 네 대적이 네게 복종하리니 네가 그들의 높은 곳을 밟으리로다

(신명기 33:29)

예수를 따라

이 세상은 모든 사람이 한 번 다녀가는 곳이다. 어느 누구도 이 진리를 거스를 순 없다. 태어날 때 신으로부터 부여받은 인생이란 시간(Chronos)을 살면서, 기회(Kairos)를 잘 잡는다는 것은 단순히 이 땅에서 잘 먹고 잘 사는 문제만이 아니다. 하지만 대부분의 사람들은 이 땅에서 영원히 살 것처럼 애착을 가진다. 하지만 안개와 같은 인생에서 헛되고 헛된 세상 것에 집착 할 것이 아니라 영원의 세계를 바라볼 수 있어야 한다.

사람이 죽는다는 것은 흙으로 지음 받은 몸과 영혼이 분리되는 사건을 말한다. 몸은 흙에서 와서 흙으로 가지만, 영은 죽지 않는다. 영원 자존하신 하나님의 속성이다. 흙으로 만든 몸에 하나님의 생기를 불어넣어주셔서 인간은 생령이 된 것이다.(창2:7)

하나님이 이르시되 우리의 형상을 따라 우리의 모양대로 우리가 사람을 만들고 그들로 바다의 물고기와 하늘의 새와 가축과

온 땅과 땅에 기는 모든 것을 다스리게 하자 하시고 하나님이 자기 형상 곧 하나님의 형상대로 사람을 창조하시되 남자와 여자를 창조하시고 하나님이 그들에게 복을 주시며 하나님이 그들에게 이르시되 생육하고 번성하여 땅에 충만하라, 땅을 정복하라, 바다의 물고기와 하늘의 새와 땅에 움직이는 모든 생물을 다스리라 하시니라 (창 1:26~28)

성경에는 하나님께서 사람을 창조하신 의도와 목적이 분명하고도 확실하게 기록되어있다. 하나님은 당신의 형상과 모양을 따라 사람을 지으셨다. 하나님의 일을 맡기기 위해서다. 땅을 정복하고, 모든 생물을 다스리라고 우리 인간을 지으신 것이다. 뿐만 아니라, 인간으로 하여금 하나님을 섬기게 하고 영광 받으시기를 원하신다.

내 이름으로 불려지는 모든 자 곧 내가 내 영광을 위하여 창조한 자를 오게 하라 그를 내가 지었고 그를 내가 만들었느니라
(이사야 43:7)

태초부터 타락하여 죄 가운데 태어난 인간은 하나님을 알지 못한다. 자기가 신이 되어 모든 것을 판단하고 결정한다. 또한 마땅히 정복하고 다스려야 할, 신이 아닌 것들을 섬기며 하나님을 배반하는 게 인간이다. 애굽에 내린 열 가지 재앙은 "이것들은 신이 아니다."라는 걸 보여주시는 사건이다.

죄악으로 더럽혀진 인간은 스스로 하나님 앞에 나올 수 없다. 그러나 사랑의 하나님은 이렇듯 하나님의 뜻을 거역하고 떠난 자들을 끝까지 포기하지 않으신다. 독생자 예수를 이 땅에 보내셔서 죄인인 우리를 대신하여 제물이 되게 하셨다. (요한복음 3:16)

죄 없이 십자가에서 흘린 주님의 보혈로 죗값을 치르고, 우리의 죄와 허물을 그 피로 덮으셨다. 이 세상 어떤 힘으로도 해결 할 수 없는 사망을 멸하시고 부활하셨다. 아무리 흉악한 죄인이라도 이 사실을 믿는 자는 죄를 용서 받고 구원 받는다. 천지 만물의 주인이시며, 왕이신 하나님의 자녀가 되어 영원히 천국을 누리게 된다. (요한복음1:12) 이것이 복음이고 영생이다. 이런 하나님을 모르는 것, 예수를 믿지 않는 것이 가장 큰 저주이고 죄다.

고난당하기 전에는 내가 그릇 행하였더니 이제는 주의 말씀을 지키나이다 고난당한 것이 내게 유익이라 이로 말미암아 내가 주의 율례들을 배우게 되었나이다(시편 119:67.71)

10여 년이 넘도록 여전히 작은 개척교회를 이끌어 가고 있다. 그럼에도 불구하고 내놓을 것 하나 없는 부끄러운 고백을 엮은 것은 이 책을 통하여 나와 같이 아프고 힘들어서 삶의 소망을 잃어버린 이들에게 미력이나마 소망과 위로가 되고, 참 생명을 전하기를 바라시는 하나님의 강권적인 역사이다.

악을 선으로 바꾸시는 하나님께서는 모든 것을 합력하여 선을 이루게 하신다. 우리의 고통과 절망까지도 '나의 나된 것은 하나님의 은혜로 된 것(고린도전서 15:10)'이라는 사도 바울의 고백처럼 지금의 나됨은 오직 하나님의 은혜이다.

예수를 믿는 나에게는 세상의 것이 하나도 부럽지 않다. 하나님께서 내 아버지가 되시기 때문이다. 주님 앞에 서는 날까지 더 많은 사람들에게 빛과 소망되신 예수 그리스도를 전하며 생명의 떡을 나눌 수 있기를 소망한다.

항상 부족한 나를 자기 목숨처럼 아끼고 이 세상에서 오직 내 편이 되어 응원해 주고 사랑해주는 남편과, 엄마를 최고로 인정하며 말썽 한 번 부리지 않은 딸 지현, 아들 지웅, 사랑하는 대명교회 성도님들께 고마움을 전한다.

이 책이 세상에 나올 수 있도록 이끌어주신 봉은희 작가님과 추천의 글을 써주신 엄기호 목사님과 나광삼 목사님, 출판을 지원해주신 군포제일교회와 권태진 목사님께 감사를 드린다. 할렐루야!

오직 이것을 기록함은 너희로 예수께서 하나님의 아들 그리스도이심을 믿게 하려 함이요 또 너희로 믿고 그 이름을 힘입어 생명을 얻게 하려 함이니라(요한복음 20:31)